文春文庫

トライアングル・ビーチ

林 真理子

文藝春秋

トライアングル・ビーチ

目次

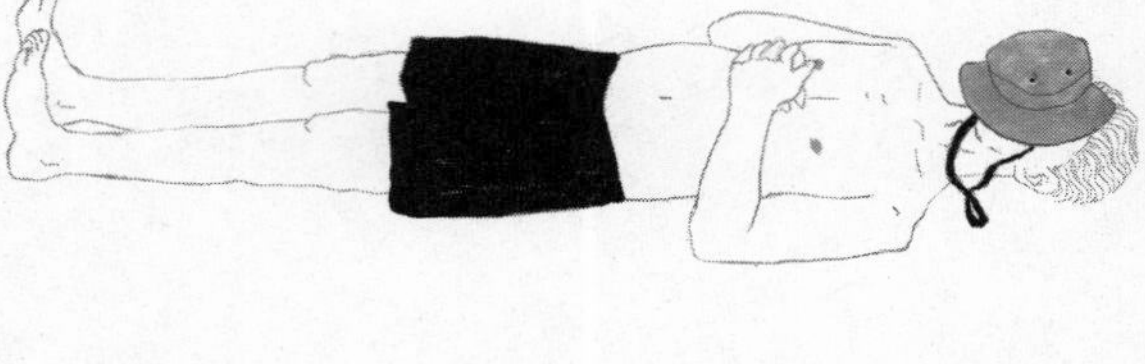

挿画　石橋澄

トライアングル・ビーチ

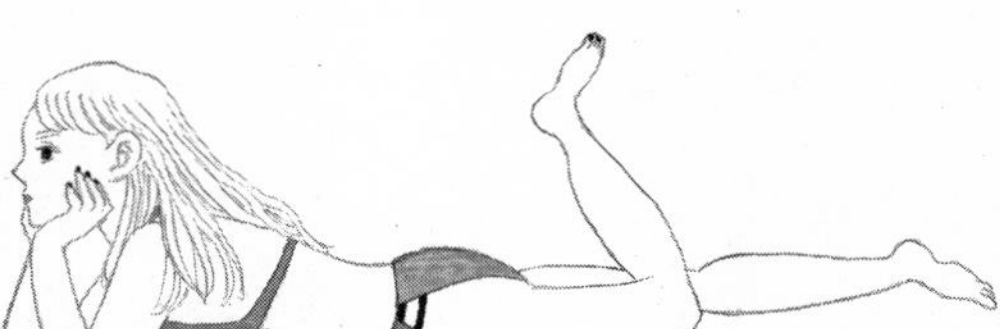

正月の遊び

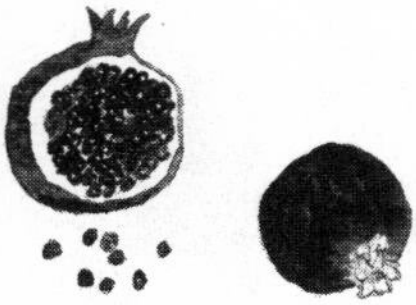

一章　お土産

改札口を出ると、見憶えのあるライトバンが止まっていた。

けれど乗っているのは父ではなく、姉の美保子だ。甥《おい》の寛が、助手席から手を振っている。

「お姉ちゃん、いつ帰ってきた？」

淳子はボストンバッグをほうり投げるように置いた。その後ろの席には、寛の妹で四つになる千華が、しくしくとすすり泣いている。涙と鼻水が流れた後に外気が触れて、桃色の肌が白くささくれだっていた。

「途中でアイスクリーム買え、買えってうるさいもんだから、ちょっと叱ったんだよ」

やや口早に言って、美保子はアクセルを踏む。緑色のライトバンは、駅前広場を半周して道路に出た。商店街のどの店も、歳末の商品を山のように積み上げている。紅白のだんだら模様のたれ幕が、急に強くなった北風に一瞬舞い上がった。

「昨夜、遅く帰ってきたんだ。圭子のうちは今日来るってさ」

「ほんとお、圭子姉ちゃんたちも来るんだぁ。今年はにぎやかになるね」

「おい、淳子ねえちゃんよお」

寛が突然振り向いた。彼は年若い叔母のことを、そんなふうに呼ぶ。

「お年玉、いくらくれるんだよ。いっぱいくれるんだろうな」

「また、そんなことばっかり言って」

美保子はハンドルを握りながら、左手で軽く息子の頭をこづいた。

「誰に会っても、お年玉、お年玉って、そのことばっかり。全く恥ずかしくなるよ。あのね、淳子ねえちゃんはね、まだお勤めしたばっかりだから、お年玉をあげるどころじゃないの。もらいたい方なの」

「そのとおり」

淳子は低く笑った。美保子の言葉にではない。寛がミソッ歯をむき出しにして、母親にアカンベーをしたからだ。

ちょうど精米所の角を曲がろうとしていた美保子は、それには気づかない。

「この子はパパに似て、本当にがめついんだから。ふだんも、あれ買え、これ買えってうるさくて……」

「でも、ボーナス出た」

やや誇らしい気持ちで淳子は姉に告げる。

「ほんのちょっぴりだけどさ、それでもちゃんと出たよ」

「ふうーん」

勤めた経験のない美保子は、興味深げに頷《うなず》く。

「じゃ、あんた、お父さんとお母さんに少しお小遣いやったら。喜ぶよぉ」

「その分、お土産《みやげ》買ってきたよ。二人に西武デパートで買ったセーター。わりといいやつだよ」

「そうかもしれないけど、やっぱり現金をちょっとあげた方が喜ぶよ。娘の稼いだお金だっていうことで嬉しいらしいよ」

「そうかなあ」

「そうさ。ほら圭子が勤め出した時、最初の給料の中から、一万円だか二万円やったんだよ。あの時、お母さん泣いてたもの」

「初めて聞いた」

「ほら、圭子はあのとおり偏屈なとこがあったからね、ちゃんと勤められるか心配だったんじゃないの。それでお小遣いもらって、ぐっときたんだよ」

偏屈と噂された次姉だが、入って二年目には、同じ職場の男と大恋愛の末、結婚している。

「特にあんたなんかさ、私たちの中じゃただ一人、大学へ行かしてもらってるんだから、そのくらいしたっていいさ」

美保子は急にしんみりした口調になった。その中に、かすかな棘《とげ》があるのに、淳子は気づく。

女ばかり三人の末っ子ともなると、親の方も甘くもなるしゆるくもなる。これは世のならいらしい。姉たちに比べて、ずっと成績がよかったこともあるが、淳子だけ、大学進学も、東京に出ていくことも許された。美保子は高校だけだし、圭子は地元の女子短大だ。おまけに、淳子が東京で就職したいと言い出した時も、何の波乱もなかった。これには姉たちも驚いていたらしい。なぜなら、家を継ぐのはどうやら淳子のようだと、親戚の者たちも噂していたからだ。

村田の家は、昔少しばかり土地を持っていたぐらいで、由緒や家柄などという言葉からはほど遠い。それでもあれこれうるさく言う年寄りはいた。

「あんた、いつでもいいから、正月中に、新家《しんや》の叔母さんのところに顔出しときな」

美保子がそんなことを言うのも、親戚の女たちの機嫌をとっておけということに違いない。

「わかってるってば」

やや乱暴な声が出たためか、隣りに座っている千華が、しゃっくりのようなべそをかいた。

「やくそくしたんだもん。えきにいけば……アイスを……かってくれるっていったもん……」

「はい、はい、わかってるってば」

淳子は突然、発作のようなせつなさが押し寄せてきて、思わず幼女を抱きしめた。おかっぱ頭に頬《ほお》を埋めると、強い耳垢《みみあか》のにおいがした。これとは全く違う体臭を持つ人間のことを、淳子は思い出している。おとといまで、その男と二人で旅をしていた。男は妻に、泊まりがけの忘年会だと言い、淳子は母親に、会社の仕事が終わらないと言いつくろった。だから帰省するのが、これほど押しせまった日になったのだ。

淳子は男がそうしてくれるように、姪《めい》の髪を耳元から、何度も何度もかきあげる。千華はややぐったりとして、淳子の胸に頭をあずけた。

「いい子ね、いい子。本当にいい子……」

淳子は額の生えぎわに、いくつかの接吻をする。千華は身をよじった。叔母の、この狂おしいまでの愛撫を、どうやら不審なことと感じとったらしい。

「やだーッ」

小さく叫んで離れようとしたが、淳子はしっかりと肩ごと抱きすくめている。子どもの体温は大人より高いらしく、セーターをとおしても、熱い皮膚の感触が伝わってくる。それは裸の男の腕に似ていた。今の淳子にとって、すべてのことが男に結びつく。それだけのことなのかもしれない。

「あんたって本当に子どもが好きだねえ。私や圭子みたいに、早く結婚するのもいいかもね」

美保子がのんびりとした声をあげた。

二章　罪の意識

縁側で二つの大きな尻が動いている。茶色いスラックスが母の静代で、ジーンズの方が圭子だ。昨年サッシにしたばかりのガラス戸を、上から背伸びするように磨き立てている。美保子がクラクションを鳴らすと、ジーンズの方が早く振り向いた。

「淳、遅かったね。もっと早く帰ってくるかと思った」

化学雑巾《ぞうきん》片手に、圭子は不機嫌そうに言う。姉妹の中ではいちばんの器量よしと言われていたが、三十近くなってから急に太り出した。腰のあたりの肉のつき方は、どうやら静代に似たらしい。昼間からカーラーを巻き、派手なスカーフをかぶっている様《さま》は、すでに中年女の貫禄だ。

「お帰り、ご苦労さんだね」

静代もそう表情を変えずに頷く。ぶっきら棒のところも、この母と次姉はひどく似ていた。

「少し太ったんじゃない」

淳子はその時、圭子のことをとっさに憎んだ。どうして、皆の注意がこちらに来るようなことを言うのだろうか。夏に帰ってきた時と、自分は確かに違っている。そしてそれは、肉親にはいちばん知られたくない変化だ。

「そうかねえ」

静代は、母親独特の、無邪気さを装う一瞥《いちべつ》をくれた。その視線が、ほんの一瞬だったが、淳子のコートの胸あたりに止まった。美保子の視線は首すじの後ろあたりに、圭子のそれは正面の頬のあたりに感じる。淳子はいま、東京帰りの娘が誰でもそうされるように、鑑定台の上に立たされていた。

「そんなに太ってないよ。髪型のせいだよ」

まず美保子がジャッジをくだした。

「ちょっとカットしただろ。それで頬がふっくら見えるんだよ」

「そうだよ、ひどいよ、ひどいよ。いきなり太ったなんて言ってさ」

淳子は、ことさら喉《のど》の奥ではずむように叫ぶ。

「お腹空いたからさ、なんか急いで食べさせてもらおうと思って帰ってくればさ、太ったとか、みんなで意地悪言って……。私を飢え死にさせる気なのぉ」

淳子のその声で、ほっとしたような空気がその場に流れたのは本当だ。淳子が末っ子の、やんちゃ娘のふりをすれば、誰もが安心する。

「圭子がお餅《もち》持ってきてくれたよ。ねばりがあってうまいよ。雑煮かなんかにしてやろうか」

静代がとたんに、おもねるような声を出した。

この家では、餅を元旦まで大切に仕舞っておくようなことはしない。それどころか、暮れの忙しい時の、即席食品として重宝した。淳子の子ども時代、大晦日の前の三日間ぐらいは、毎日雑煮が出されたほどだ。だから、正月の朝食の感激は薄い。変わったことと言えば、中の具がよくなることと、おせちの重箱がつくことぐらいだろうか。

その夜も両親、姉二人、そしてそれぞれの子どもたちと囲んだ夕食は、やはり雑煮であった。家中のガラス磨きと、台所の掃除で疲れた女たちは、誰からともなく、夕食は餅を煮ればいいさと言い出したのだ。

結婚が早かった圭子は、寛よりひとつ上の女の子と、年子の弟がいた。寛や千華よりも辛抱《しんぼう》のきかない子どもたちで、食事なかばで箸を投げ出した。

フライド・チキンがいい、オムライスが食べたいなどと、口をとがらせる子どもたちに、光造が強い口調で言う。

「こら、お前たち、そんな我儘《わがまま》を言うなら、正月にお年玉やらないからな」

ビールのグラスを手にして、いかにも嬉しげに怒鳴る。こちらも早々と、正月用の煮しめやなますを肴《さかな》に呑んでいるところだ。

圭子と静代はいっせいに、ほら、いい子にしていないと、お爺ちゃんがなんにもくれないよと脅す。その合い間に、千華がお椀が熱いと言ってぐずり始める。そのにぎやかさといったらなかった。

そして淳子は、田舎風の大ぶりの餅を歯でちぎりながら、男のことを考えている。ガラスを磨いていた時も、神棚にハタキをかけていた時もそうだった。家族に囲まれ、こうして夕餉《ゆうげ》の膳についている時も、淳子は男のことしか頭にうかばない。

初めての男といってもいい。大学時代、いくつかの幼稚な体験はあるものの、あんなことをしたのは初めてだ。

男が淳子の太ももを開く。そして顔を埋める。そしてわざと大きな音をたてる。その感触といったら……。

おかわりはどうだい、と静代は尋ねる。そして淳子は餅の数を言いかけて、男が自分にした行為の回数を思い出す。

たくさん、よ。お母さん。

えっ、あんた、さっきも三個食べたばっかりだよ。

そ、そう。だからもういいのよ。おつゆだけ飲むわ。

そして淳子は再びゆっくり、父と母の顔を見る。罪の意識と、怖れはもちろんある。それを振りはらうために、淳子はこう考える。

この二人だって、昔は私と同じことしてきたのよ。だから、お姉ちゃんたちと私が生まれたのよ。

だからといって、それらの意識は薄まるものではないけど。もし、私の脳天を透かして、私のいま考えていることを知ることができたら、お父さんは私のことを殺しちゃうんじゃないかしら。

光造は、昔は大層厳しい父親だった。高校時代、淳子が友人から借りた雑誌を、めちゃくちゃに破ったことがある。裸で抱き合う男女の写真が載っているというのだ。あの時泣きながら、淳子は光造を殺したいとさえ思った。雑誌を破ったことに対してではない。友人が、にやりと笑ってその写真をさし示した時、からだがかっと熱くなった。そのことを光造に知られたと感じたからだ。

いま淳子は、光造の手の届かないところにいる。ダイニングテーブルの、ひとつおいた隣り、手を伸ばせばすぐ触れられそうな場所だが、淳子は心を、ふわりと漂わせる術《すべ》を覚えた。そしてそれは、餅と、ハスの煮物を頬ばりながら、いくらでもできる。父親の前で、自分のそこを吸う男の舌のことを考えるのは、なんてたやすいことなんだろう。

それは確かに、復讐に違いなかった。

けれど、淳子はいいかげんのところで打ち切ることにした。罪の意識に耐えかねたからではない。田舎の夜は長いのだ。楽しみは、いっぺんに使うものではない。

三章　二つの世界

いつまでもテレビを見ていると、光造の機嫌がよくない。子どもたちが遅くまで起きているといっては文句を言う。

「今年は圭子姉ちゃんも来ているし、私と一緒でいいだろう」

静代は早々と布団を敷き始めた。二階のふた部屋は、美保子、圭子それぞれの親子が使うことになったようだ。

青と黄色の花模様のパジャマが、畳んで置かれている。淳子が高校時代使っていたものはなんでも、静代がきちんととっておいてくれている。いま着ている太い縄編みのセーターも、黒いぴっちりしたジーンズも、あの時のものだ。それはあまりセンスがいいとは言えないが、家の中で着るにはちょうどいい。

「東京で着てるものを、こっちで着ちゃ汚れるよ」

というのが静代の口癖だ。淳子のコートやワンピースは、母親や姉たちが珍しがってひととおり見た後、すぐに着替えることを強制される。埃《ほこり》がついては大変だというのだ。

静代は灰色のネルの寝巻きをはおる。それは見憶えがあるような気もするし、初めて見るような気もする。いずれにしても、昔から母親は、いつもこんなふうな色の寝巻きを着ていた。

娘と久しぶりに枕を並べて寝るのは、やはり嬉しいらしく、静代は寒くないかと、何度も声をかける。

「千華っていうのは、神経質な子だね。ありゃ、母親が甘やかしすぎたね。進もそうだ。あんなに我儘だと先が思いやられる」

ひとしきり、孫の愚痴を言うのも、いそいそとした口調だ。

やがて襖ごしに、光造のいびきが聞こえてきた。するとそれに合わせるかのように、静代の鼻が鳴り始めた。女にしては大きな音だ。昼間の疲れが出たらしく、ついさっきまであれこれ話しかけていたのが嘘のようだった。

淳子は、食べ残した菓子をとり出すように、再び男のことを考え始める。この二つの豪快ないびきは、あまりロマンティックな環境とはいえない。それでも淳子は、男のことを思う。それはもう一種の訓練で、いつでも、どんなところでも、淳子はとり出せるようになっているのだ。

男は提案した。

田舎へ帰るのなんかやめてしまえ。東京の正月というのも楽しいもんだよ。街も、どこもかしこも空《す》いていて、車がすいすいと通れる。淳子がアパートに残っていてくれさえすれば、何度でも訪ねていく。本当だよ。淋しい思いはさせないよ……。

男は会って四回目から、〝淳子〟と呼び捨てにするようになった。そう、あの時からだ。ややぞんざいな、それでいてやさしげな〝淳子〟は、両親や女友だちの〝淳子〟とはまるで違う。

そして、ベッドの中で男が〝淳子〟とささやく時、その後は必ず命令がついた。

淳子、こうしてごらん。

淳子、もうちょっと曲がるよ。やってごらん。

淳子、さあ、軽く嚙《か》むんだ……。

動悸が早くなったのがわかる。父親と母親の寝息を聞きながら、こんなふうな思い出をたぐり寄せるのは、かなりスリリングなことであった。けれども同時に、勝ち誇ったような気分にもなる。

自分はなんて自由なんだろう！

まだ子どもだった頃、淳子は光造や静代が、自分のすべてを把握していると思っていた。叱られている最中に、少しでも反抗的なことを考えようものなら、ただちに見破られた。

お前がいま、どんなことを考えているか、すぐに俺にはわかるんだ。光造は言ったものである。けれどもあんなことは、すべて嘘っぱちだったのだ。あの時は子どもで、すぐに表情にあらわれた。それだけにすぎない。現に夕食の時も、淳子はいちばんいやらしい男の行為を頭にうかべた。けれども誰ひとり気づかなかったではないか。人のこめかみのあたりには、誰にも邪魔されない広々とした空間がひろがっている。そのことにどうして気づかなかったのだろうか。

淳子は勝利の証《あかし》として、記憶の中でも、いちばん衝撃的なものを、そろそろと引き出すことにした。

男は近頃、あかりを灯《つ》けることを好む。おとといまで二人でいた、温泉地のホテルでもそうだった。親指をきつく噛んだ後に、ぐいと拡げる。その時、自分の両足があまりにも大きく、やわらかく広がるのを、淳子は信じられないもののように見た。自分の両手で自分の目を覆《おお》っていたのにすべてのものが見えた。掌に光があたっている。暗い橙色《だいだい》の中に、厳粛に足首をかかげ持つ男の姿まではっきりとわかった。

その時、淳子が思いうかべたものは、かなり奇妙なものだった。まるで襁褓《むつき》をとり替えられているようだ。母親が、赤ん坊の両足を持って、勢いよくひろげる。あのありさまに似ている。これを誰かにされたら、人はもう、その人間に決して逆《さか》らうことはできないのだと、淳子は歯を食いしばる。それはもちろん、苦痛のためではない。気が遠くなりそうな恥ずかしさのすぐ真横には、気が遠くなりそうな心地よさがあった。それは服を着ている世界の尺度では、とうてい計ることができない大きさのものだ。

おぼろげながら、淳子にはわかってきている。この世には二つの世界があるのだ。シャツを着て、スカートのジッパーをきちんと上げて行なわれる世界と、最後の一枚まですべて脱いで行なわれる世界。こちらのことは、誰も話してくれなかった。話してくれたとしても、ごく上っつらのことだけだ。こんなふうに煌々《こうこう》とあかりをつけて、からだの奥まで覗き込まれることが、こんなふうな気分だとは、誰も話してくれなかった。

その部分は、ふだんは固く両ももで合わされ、たくさんの襞《ひだ》によって閉じられている。それが大きく開けられたのだから寒い。初めて外気を感じた箇所があって、小さくひくついている。裸のさらに上の段階があると、淳子は納得する。

そしてやがて、初めて知る寒さの次に、初めて知るあたたかさがやってきた。やわらかく、平べったい湯がかけられる。しかもその湯はゆっくりと動く。それが男の舌だということを、すでに淳子は知っている。けれども知っていても悲鳴はもれる。その後、自分のからだが信じられない動きをするからだ。

そのことについて淳子は雑誌でも読んだし、女友だちからも聞いていた。けれども、そんなことってあるだろうか。指も爪の先も、今まですべて自分の自由になってきた。動かしたい時に動かし、中止したい時に中止できた。それなのに、自分の意志とは違う力が突然働くのだ。男の舌がゆっくりと回転を始めると、自分のからだは激しく上下に動く。しかも、驚くということさえ、その時出来なくなる不思議さ……。

四章　二人の共有物

「あっ」

思わず短いため息がもれて、淳子はあわてて口を押さえる。傍で寝ていた静代が、大きな寝返りをうったのだ。まさか知られるはずはないと思うが、胸が大きく波立つ。母親のすぐ側《そば》で、男と寝た夜のことを考える自分は、いけない娘だと思う。

しばらく淳子は目を閉じて、自分を眠りへいざなおうと努力する。けれども、それは無駄な試みに終わる。男と一緒に居たのは、つい二日前のことなのだ。しかも淳子には言い分がある。男の誘いを振りきって、淳子はちゃんと家に帰ってきたのだ。そう大した歓迎をされるわけでもなく、すぐに大掃除を言いつかる。そのことは、今の淳子にとって、腹立たしく、非常に理不尽なことのように思われる。だから男との夜を思い出したとしても、そう咎《とが》められることはないのではないだろうか。

続けることにした。

もうひとつ、淳子の大好きなことがある。

それは始まる前の、男との戯れだ。いつまでも最後の下着を脱がせないで、その上から男は指を這《は》わせる。足のつけ根の、縦長の、白い布に覆われたその場所は、いつのまにか二人の共有物のようになっている。

そこに、男はさまざまな愛称をつけた。もうしっかりと決められた名前もあったし、その時々によって変えられる名前もあった。いちばん気に入りのあだ名は、淳子と男とで考えついたものだ。そして、淳子は無邪気な発言をして男を喜ばせる。

さあ、淳ちゃん……。

男はそんな時、淳子ではなく、淳ちゃんとささやく。

この、はしっこにあって、ちょっとふわふわしてるのは何かな。

――

そうそう。よく憶えてるね。じゃ、上の方にある、この高くなってるとこは？

――

よおく出来たね。じゃあ、淳ちゃん、これはわかるだろ。淳ちゃんがこうされると、いちばん喜ぶとこ……。

淳子が途切れ途切れに答えたものを、男はもう一度低くささやく。そしてもう布がどんよりと重くなっている。もうこれ以上は指を動かせないよと告げるのだった。からかいを含んだ声で、男は淳子の未来さえ言う。

きっと、――な女になるよ……。

気がつくと、淳子はパジャマの上から、その場所をきつく押さえている。まさかと思っていたのだが、指が勝手に動き出していた。すぐ横、ものの五十センチと離れていないところに、母親の寝顔がある。それだけは大きな罪のような気がして、手を枕のところまでひき上げた。

大きく深呼吸する。自分が救いようもないほど自堕落な娘になったと思ったが、それが少しも哀しくはない。だから困る。息を整える呼吸と同じくして、からだから何かが流れていく感触さえあるのだ。淳子はそれを確かめたくなる。あのためにではない。確かめるためだと自分に断わって、淳子はそろそろと、手をパジャマのズボンに伸ばす。息をのんだ。想像をはるかに超えて、豊富な量のあたたかいものが、とうにそこからあったように、隅々までひろがっている。

その状態を男がいつも何と呼んでいるか、どれほど愛らしい名前をつけたかを、淳子ははっきり思い出すことができた。

五章　不思議な沈黙

新年は二日になってから、義兄たちがやってきた。昼のうちは光造と圭子を混じえて、麻雀をひとしきりうっていたが、陽がおちてからは肘《ひじ》まくらをして、コタツに寝そべっている。

美保子の夫も、圭子の夫も、どちらも大柄だから、コタツはたちまち窮屈になる。入りきれない子どもたちは、その回りを勢いよく走りまわる。

「こら、ストーブがあるから、危ないっていってるでしょ」

圭子がたえず大声をあげる。夫が来てから、さらに姉たちが口うるさくなった。よくもそれほど酒を呑み続けられるものだ、煙草の灰をまた落としたなどと、たえず小言を言う。その口調が子どもたちに言うのと同じだから、淳子は内心おかしくなる。

だが男たちは全く意に介していないようで、寝ころんだままテレビの新春ゴルフ特別番組に見入っている。コタツの上には、ビールの空き瓶がいくつも並べられた。県の検査場に勤める美保子の夫は、焼酎《しょうちゅう》が好みらしく、氷の容れ物と一緒に瓶を自分のところにひき寄せている。

「何もなくて悪いねえ」

と言いながら、静代は焼き豚を薄く切った皿を運んできた。圭子の夫は何も言わず、からだを少し起こして、箸をぐいとつきさす。そういう無作法は、静代をこのうえなく幸福そうな表情にさせる。娘ばかりのこの家では、男たちの行動はすべて珍しがられ、許されるのだ。

だから居心地がいいらしく、姉の夫たちは、どちらも実家に寄りつかず、この家で正月をすごす。圭子の家族だけは、夫の実家がすぐ近くなので、元旦だけは顔を出すが、早々に帰ってくる。そして、ああ疲れたというふうに、コタツにもぐり込むのだ。さっきから圭子は夫の腰を肘かけ替わりにして、ピーナッツを食《は》んでいる。美保子と喋り、静代にあれを出せ、あのハムもまだ残っていると命令し、横目で子どもたちを見張っている。子どもたちは、さっき淳子がおもちゃ屋に連れて行った。お年玉を手にした寛と進は、昨日から気もそぞろだったのだ。しかし、駅前のおもちゃ屋は、元旦は閉まっているのでどうしようもない。待ちかねて待ちかねて、小さな喧嘩を何度も朝から繰り返していたのが、いまは上機嫌だ。進の方は、買ったばかりのファミコンが、大人たちにテレビを占領されて、まだ使えないのがいかにも残念そうだが、あきらめてミニ・カーを動かしている。

「じいちゃん、見て、見て」

時々は光造の側にかけ寄って、自慢気にスイッチを入れる。麻雀をする時以外は、所在なげにしている光造もそんな時は、とろけそうに目を細める。

静代の口癖になった、

「本当に今年も、みんな揃《そろ》っていいお正月」

なのだ。友人のところへ出かけてもいいのだが、淳子もいつまでもぐずぐずしている。夜から近くのスナックで行なわれる同級会に行くことになっていた。そこでまとめてみんなに会えると思うと、寒い外に出かけて行く気がしない。それにこの雰囲気が嫌いかと問われると、決してそうではないのだ。

子どもたちが寒くないように、ガスストーブが二つ置かれている。いつもは広すぎるような座敷も、子どもたちがはねまわり、コタツにぎっしり人が埋まっていると、あたたかい密室のようになった。それに地元に住んでいる美保子と圭子の噂話は、ことのほかおもしろい。

「ほら、あんたの同級生だった伊藤さん、あの人のお姉さん、知ってる？　えっ、会ったことない。ちょっと器量はいいんだけど、頭はよくなくてさ、二中から商業へ行ったんだよ。そう、そう、みつ美屋商店にお勤めしてた人。あの人がさあ、みつ美屋の社長の息子といい仲になってさあ、だけど親の大反対にあって、駆け落ちしちゃったんだよねえ……」

夫の残した、ぬるいビールをなめるように呑みながら、美保子がそんなことを次々と喋る。その肩に、いつのまにか千華がまとわりついていた。

「ねえ、ママ、〝積み木〟の次に来るもの、なーんだ？」

「キツネ」

美保子はうるさそうにふりほどく。

「じゃ、じゃ、ネコ。ネコの次にくるものなーんだ」

あんたが相手をしてよ、というふうに、美保子は千華を自分の膝の上にのせた。そうすると、千華の顔はちょうど淳子の真正面に来るのだ。

「子ども」

淳子は答える。

「えーと、ねー、じゃ淳子ねえちゃん、森。森の次に来るものは？」

千華は子ども独特の執拗《しつよう》さを帯びてきた。

「りんご」

「〝ご〟かあ、〝ご〟はね、〝こ〟にしてもいいんだよ。じゃ、コマ！」

「マリ」

「リス」

「スミレ」

「……レモン！」

「――」

その時、淳子は思わぬ言葉を発していた。男と自分だけの秘密のようでいて、世の人々に、はっきりとしたイメージをもたらす言葉を高らかに発していた。

不思議な沈黙があたりを圧した。千華だけがとまどったように、その言葉を、もう一度たどたどしく繰り返した。すると、さらに沈黙は深くなった。

白いねぎ

その日も、そして次の日も、女はずっと男を待っていた。

男というより、男からの電話を、だ。

男は突然やってきたりはしない。そんなことをすれば、女が喜ぶのがわかっているからだ。まずはもったいぶった電話が入り、元気でやっているかと男は女に問う。

元気よ。おとといもそう言ったばかりじゃないの。それよりも、少しでいいから顔を見せてちょうだい。

そりゃ、行きたいことは、行きたいんだが……。

男はここでわざとらしいため息をつく。

貧乏暇《ひま》なしとよく言うけれど、こう忙しくっちゃね。飯を食う間《ま》も無いくらいだよ。

女は時々町で見かける男の店の青いライトバンを頭にうかべる。それが夜、カラオケ・スナックや、小料理屋の前に止まっているのを女は見たことがあるが、もちろん言いはしない。

な、な、また電話するよ。今だって煙草を切らしたからって、店を出てきたんだ。煙草を買いに行くって、よく男の人が使う手らしいね。

ああ、そうだ。ひょっとして世の中の男が禁煙できないのは、夜、ちょいと外に出る口実を無くしたくないからさ……。

男はつまらぬ冗談を言う。けれども、こんな男からの電話も、この半月というもの、女のもとにはかかってこない。

女は勤めに出る前も、帰ってきた後も、毎日電話を見つめて暮らした。

女の部屋は町はずれにあって、市電が走る道路の向こう側は海になっている。その市電の片腹には、大きく○○電器と描かれていて、それは男の経営している店だ。最初、このことは女を大層喜ばせた。

窓から、あんたが見張ってるみたいね。

風が吹くと、その窓の隙間《すきま》から、白く細かい砂が運ばれてきた。だから女は、朝と晩、必ず固く絞った雑巾《ぞうきん》であたりを拭く。

出窓の桟《さん》は、女があまりきつくこするものだから、白くささくれていた。同じ理由で畳も艶《つや》がない。

けれども、クリーム色の受話器だけが、うっすらと手垢がついている。もしこれを磨いている間、男から電話がかかってきたらと、どうしてもとり上げる気にならないのだ。

しかし、電話はりんとも鳴らない。

二回ほど知り合いからかかってきたが、それは新興宗教の誘いだった。相手の女は、どうしても電話を切ろうとはしない。

私だけよ。あんたのことを考えてるのは。今なら間に合う。本当だから。あんた、私のことをなんてしつこい女だと思ってるでしょ。でも私にはわかってる。もうじきあんたは私に感謝するわよ。魂を救った恩人だってね。このあいだだって、癌《がん》でもう助からないって言われたお婆ちゃんにね、親主《おやぬし》さまがお祈りをして……。

あのね、と女は叫ぶ。

いま電話を切ってくれたら、もっと感謝するわよ。

女は乱暴に受話器を置き、その時だけパチンコをしに出かけた。

男は女にいくつかのことを教えたのだが、パチンコもそのひとつだ。一緒に出かけると、二千円分の玉を、女のために買ってくれる。もとより女は熟練者ではないので、そう多くない銀色の玉は、またたくまに消えてしまう。手もちぶさたの女は、男の傍に立ち、煙草をくわえさせてやったり、火をつけてやらねばならなかった。男の目的は、案外そんなところにあったのかもしれない。

よく見とけよ。

男はガラスをつつきながら言う。

男がここ一発勝負っていう時は、玉もちゃんと動いてくれるんだからな。

男は、勝負とか根性という言葉がひどく好きだ。麻雀の牌《パイ》を打ちながらも、そんな人生哲学をひとくさり話す。

だから俺は市長に言ってやったんだ。そんな性根のすわらないことを言うから、みんながついてこないんだってね。あの爺さん、最後にはわかった、わかった、って頷《うなず》いてた。そりゃ、そうさ。へいこらしてる連中ばっかりで、俺みたいにはっきり言う男はいないからな。実際、損さ。うん、損にきまってるわな。俺みたいに、人に頭下げるのが嫌いで、すぐ勝負したがる男っていうのはな。

女は麻雀をどうしても憶えることができなかった。けれど男は女に、傍で見ているようにと命令する。夜中の一時をすぎると、さすがに眠くて、女は椅子にもたれたまま居眠りをした。雀荘の婆さんは、そんな女を哀れんで、隅のソファで横になるように言うのだが、女は首を縦に振らない。男が許すはずがないからだ。

数字や記号の描かれた白い物体は、見ているとぼんやりと目がかすんでくる。しかし女は、男が見ろよ、と自分の牌を指さすと、喜んで手をたたいたりする。それは誰かが振り込んだしるしだということぐらいはわかるのだ。

男の遊び友だちは、そんな女の従順さを、よくからかったものだ。

こんな男の、いったいどこがそんなにいいのかねぇ。

野球賭博で一度あげられたことのある食堂店主が、リーチと叫んだ後に言う。

他じゃ、ぜんぜんもてないんだぜ、このおっさん。このあいだ俺たちがマニラに行った時もよ、このおっさんだけが……。

おい、やめろよ。

男の機嫌は決して悪くない。つまんないことを言うなら、ほら、これでどうだと、つもった牌をたたきつけるように置いた。

あたりィーッ。

食堂店主は大声をあげ、男は頭をかかえる。そのしぐさがおかしくて、女は低く笑う。それが、男と女の〝いちばんいい頃〟であった。

その月の最後の土曜日に、やっと電話はかかってきた。

どうしてたん？　どうして連絡してくれ……。

女の言葉を、男は最後まで言わせない。

おい、今夜行くぞ。遅くなるかもしれんが、確かに行くぞ。

それで女は十分に幸福な気分になった。まず女がしたことは、バケツに水を汲み、雑巾を絞ることだった。今朝拭いたばかりの窓の桟や、台所の簀《す》の子を、もう一度力を入れてこする。

お前は気がきかないが――。

以前に男はこう誉《ほ》めてくれたものだ。

綺麗好きなのがいい。女はやっぱり、掃除が好きでなきゃな。埃でテレビのブラウン管がよく映らなかったり、ちゃぶ台を醤油や油でてらてらさせてる女だけは、本当に困ったもんだ。

それが男の妻をさしているのかどうか、女にはわからない。〝うちのおばさん〟と男が呼ぶその女のことは、ほとんど知らなかった。一度青いライトバンを運転しているのを見たことがあるだけだ。丸顔の若々しい女だった。とても高校生の子どもがいるとは思えない。あの女が、ブラウン管を曇らせたり、ソースの跡をそのままにしておいたりするのだろうか。

女はついでに、冷蔵庫の中も拭き清める。これも男が持ってきてくれたものだ。といっても、売れ残りの商品だったらしく、毒々しく赤い冷蔵庫だ。最初から隅のところに、小さな傷があった。

女は拭きながら、ビールを買って来なければと思う。男はまず大瓶を一本飲む。そしてその後は日本酒だ。女を抱いた後は、中瓶を二本飲む。夏は三本飲むこともある。その日の体調や気温によって違う。もし大瓶を開けて、飲み切れなかったらもったいない。中瓶も用意するようにと男は女に言うのだ。

掃除を終えた女は財布と布の袋を持って、市場に出かける。

女の住んでいる町には、古くから続いていることで有名な市があった。近在の農家の主婦は、自分の家でとれた野菜を持ち込み、漁師の妻たちは、夫の獲物を並べた。朝市があまりにも賑わうため、夕市もできたのは、今から数年前のことだ。

その日、季節はちょうど秋だったから、市場はさまざまな色であふれていた。

熟した柿は、裸電球の光をあびて、少し黄色がかった橙だ。花のような鮮やかさを持つ南瓜《かぼちゃ》の切り口。かぶも大根も泥に汚れているが、女たちの指が触れた部分だけは、真白い顔をのぞかせている。

女はねぎを一把買う。まだそう太くはない秋のねぎだ。ねぎをざくざくと切って、たいら貝と合わせ、酢と醬油をたらす。これは男が非常に好むものだ。たいら貝は高価だから、この市場では売っていない。帰りに大きな魚屋に寄らなければならないだろう。その時ついでに、マグロとイカを、刺身に切ってもらおうと女は思った。

市場で買う方が確かに安いが、素人が扱うからうまく切ってくれない。ぶつ切りの刺身を、男は嫌がるのだ。

男はとても口が奢《おご》っている。食べ物についての講釈も、男が好むところだ。男は町中の食べ物屋にけちをつけ、どこそこのあれは旨《うま》かったと、よく女に話してきかせる。

その鮨屋のトロの味といったらお前……、俺は思ったね。うちのとこの鮨屋なんて、カスの魚しか置いてないんだとね。最高級品は、みんな東京へ送っちまうから、残りもんを、この町の連中は嬉しがって食ってるわけだ。

最初男は、女が、包丁の持ち方もろくに知らないことに驚いた。

若い娘じゃあるまいし、お前、今まで何やってたんだ。

女は黙る。しかし男はそれ以上聞かない。初めからそういう約束だったのだ。

ま、いいや。お前は綺麗好きだからな。

この時男は、女が掃除をよくすることを誉めてくれたのだった。

俺が教えるから、よく見とけ。

自分でも釣りをする男は、器用に魚をさばいた。時々はどこからか、五、六匹の魚を持ってくることもあった。

今日は、うちのおばさんに、釣りに行くって出てきたからな。帰りに何か持って帰らないとおかしいからな。

男の妻は、自分のことなどとうに知っていると女は思う。狭い町で耳に入らないはずはない。けれど自信はあった。今までも、妻といわれる女たちに、嫉妬されたり、乗り込んで来られたことはほとんど無い。

刺身は三千円で少しつりが来た。大層高い買い物になった。

男はアパートに来た時だけ、いくらか金を女に渡す。それは三枚の一万円札の時もあったし、くちゃくちゃの五千円札一枚という時もある。そのつど、女は黙って頭を下げた。礼の言葉がうまく言えないのだ。しかし、そんな女にも男は満足そうに笑う。

お前はおとなしいのがいい。やっぱりおしゃべりな女は、どうしようもないからな。

それがやはり、彼の妻をさしているのか、他の女をさしているのか、女にはわからない。ただ自分も薄く笑う。女は歯並びが悪く、それを気にしているのだ。前歯の三本に隙間があり、歯ぐきの方が長かった。他の歯も頼りなく、よく虫歯になる。

いっそ全部抜いて、総入れ歯にしたらどうだい。

その後男は、いつも卑猥《ひわい》なことを口にする。

昔、中国の女っていうのは、男を喜ばせるために、歯を全部抜いたっていうぜ。あれはたまらんみたいだなあ……。

女はおどおどと男の目を見る。本当に男がそれを望んでいるのだろうかと思うと、とても怖くなるのだ。

その最中、男はよく女のことを叱る。舌をもっと小刻みに使えと怒鳴る。

歯も軽くあてるんだ。噛むんじゃない。はさむ感じでだ……。

男はとても汗かきだ。臍《へそ》から繋みまで、一直線に、剛毛が走っているが、それが湿り気を帯びて、なよと肌にへばりつく。それはちょうど女の頰にあたった。女の唾液は口からあふれて、やがてそのあたりも濡らす。男の汗と唾液とが、女の口をゆるくする。歯肉と舌の裏側に、泡のたつ水が溜まるから、感触がわからなくなる。だから時々、女は男を噛んでしまうのだ。

痛《いて》っ！

男は叫ぶ。

俺を殺す気かよ……。

やがて気を取り直した男は、女にこう命令する。

さあ、今度は左手を使うんだ。根本の方をな、こう、こすり上げるんだ……。

その順序は、何度教わってもうまくいかない。男は舌うちしながら、なおも続ける。

最初は舌でチョロ、チョロ、その後は歯を使う。最後は手でしぼり出すようにする。

ああ、なんて馬鹿な女なんだ……。

考えてみると、男が女の上に乗っている時間よりも、女が男の上に乗っている時間の方がはるかに多い。

しばらくたつと、男は腹立たしげなうなり声をあげ、突然からだを起こす。そして女の足首をつかむのだ。

それはたとえば、真夏の昼下がり、部屋にやってきた男が、暑い、暑い、とぐちりながら、扇子《せんす》をとり出し、バラッと拡げるのに似ている。地元選出の有力代議士に一筆書いてもらったというその扇子は、代議士が羽ぶりのよかった時代には、男の家の応接間に飾ってあった。しかし彼が選挙に落ちてからというものは、男の黒い鞄の中に入れられ、実用とされている。

それを男はいつも乱暴にぱちんと開けるので、骨が二、三本ゆがんでいた。女の脚も、もうじきそんなふうになるのかもしれない。

八時になった。

女はテーブルの上に、すっかり用意を整えている。

大ぶりの灰皿、日本酒の盃、ビール、ウイスキーのグラス。年に一、二度、仲間と海外旅行に出かける男は、免税品店で買った洋酒をここに置いておく。

好きな女を横に置いて、レミー・マルタンやジョニ黒を飲む。こんな楽しいことはないやね。

しかし、その酒はほとんど空になろうとしているのに、男が新しい瓶を持ってくる気配はない。

このあいだのバンコク旅行で買ったものは、三本とも土産《みやげ》にやってしまったというが、本当だろうか。

食卓の準備ができたところで、女は自分自身の用意にとりかかる。三畳の台所、六畳と四畳半というつくりに、小さな風呂場がついていた。これはことさら贅沢とはいえない。銭湯がつぶされ、その後が大きな駐車場になった頃から、このあたりのアパートは、どんな小さな部屋でも内風呂がつくようになった。

女のアパートも、一応「浴付美室」ということになっているプレハブだ。男の遊び仲間の不動産業者が見つけてきてくれた部屋で、安いのと海が見えるのが取り柄だ。そのかわり、あまりにも壁が薄いので、男と布団の中にいると、よく隣りの部屋からノックされる。

隣りは調理師をしているとかいう中年の男だ。いつも夜遅く帰ってきては、便所の中で力を込めて放屁をする。その音が、壁を伝わって、女の耳にもよく聞こえてきた。そのくせ、男が来る夜は、調理師は早く帰ってきては、部屋の中でごそごそと音をたてる。そしていらだたしげに、壁を叩くのだ。

構やしねえ、聞かしてやろう、という時の男の声が、女はとても好きだった。

今夜も、隣りからコツコツという音がするのだろうかと思いながら、女は湯を浴びる。念入りにシャボンを泡立て、からだを洗う。

耳たぶ、鎖骨の上、乳首の横、そして太ももの内側と、あわただしい愛撫ながらも男が口をつけていく場所には時間をかける。

女の恥毛はとても薄い。まるで中学生のようだと男がからかうぐらいだ。しかし、その上で濡れたシャボンを上下させると、とたんに泡まみれになる。親指とひとさし指でしごいた後、湯をざっとかけると、恥毛は下に尖《とが》って、まるで三角形の黒い凶器のようになる。

内側の石鹼分を洗い流そうと、女はそろそろと指を伸ばす。その際、あまりにもすっぽりと指が入ってしまったので、女はとたんに不安になる。男が女のからだについて、さまざまなことを口にするが、それはやはり本当なのだろうか。

女はかすかに指を動かしてみる。暖かい肉の壁の感触があった。男はこれを知っているのだと女は思い、男がさらにいとおしくなる。

その時、近くで電話が鳴った。風呂に入っている間に、男から電話があったらどうしようと、女はいつも電話を、風呂場の戸の前まで持ってきているのだ。

俺だ、俺だ……。

案の定、男からで、女は胸を撫でおろす。

どうしたんだ、大きなため息なんかついて……。

いま、お風呂に入ってたんよ。そしたらベルの音が聞こえてきたんよ。だから……。

ところが男は、女が期待した〝馬鹿な奴だ〟というふうには笑わなかった。

いま寄り合いの途中だが、かなり長びきそうだ。今日は行けんかもしれん。

そう……。

女はそれきり黙る。なじってみたところで仕方がない。男が来ないと言ったら、本当に来ないということを、もうどのくらい思い知らされたことだろう。

明日かあさって、もしかしたら行けるかもしれん。ここんとこ、新しい橋と道路のことで、もう大変なんだ。みんな自分の土地が可愛いから、勝手なことばかり言って……。

男の言葉は言いわけのようだが、実はそうではない。もともと、男は女に対して、言いわけなどする必要がないのだ。どれほど自分が忙しい男かを、ただ話してみたいだけなのだ。女もそのくらいわかる。

受話器を置いた後、女は初めて自分が、タオル一枚からだにかけていないことに気づく。夜の冷気が、床のタイルをとおして足の裏に伝わってくる。けれど女は、しばらくこうしていてもいいと思う。

夜の窓は鏡になって、女の痩《や》せたからだをはっきり映し出している。カーテンをひくためではなく、女はそのまま窓の方に歩いて行った。

そして海を見るふりをして、ガラスに顔を押しあてる。

もし、下の通りを歩いている男がいるならば、ひょいと見上げさえすれば、自分のこの姿が見られるのにと思う。もし、入江の向こう岸の、ちらちらする明りの中に、望遠鏡を持っている男がいるならば、こちらに向ければいいのにと女は思う。

けれど海も暗かったが、路も暗かった。みかん色の街路灯が、ぼんやりとした光を投げかけるアスファルト道路に、人影は全く無い。

くしゃみをしたのを機に、女は窓から離れた。

そのまま下着をつけず、玉子色のセーターをはおった。黒いスカートは、からだが濡れていたので、なかなか上にあがらなかったが、ようやくひっぱり上げ、ホックを止める。行くあてもなかったが、女は部屋のドアを後ろ手で閉めた。

アパートの前の路に出る。さっき、誰かが歩いていやしないかと、女が空想した路だ。市電の線路をつっ切り、しばらく行くと小さな露地に出た。飲み屋街というほどではないが、赤提灯《ちょうちん》がいくつか並んでいる場所だ。

男と出会った店も、その中にある。

さっき裸でしたように、背伸びをしてガラス戸を覗いてみる。

女になにくれとなく話しかけてくれる、丸顔のおかみの姿が今夜は見えない。むっつりとした親父が、一人で焼き鳥を焼いている。この男は、女のことを嫌っているようだ。様子ですぐにわかる。以前この店で、ひどく酔いつぶれたことがあった。そのことを憶えているのかもしれない。

女はどうしても中に入ることができず、その店の前を通りすぎた。

露地をさらに行くと、銭湯をつぶした例の駐車場がある。その隣りに平屋のパチンコ店が建てられたのは昨年のことだ。

赤と緑のネオンが、右から左へ流れ、夜空もそのあたりだけがぼうっと明るい。一年近くたっても花輪がいつまでもとり除かれないのが不思議だった。駐車場に、客の車も置けるスペースを確保したため、この町に、これほどの男がいたかと驚くほど、いつも客で賑わっている。

けれどその夜は、急に冷え込んできたせいか、台の前に立つ客はまばらだ。本当のパチンコ好きに違いない彼らは、玉の行方を見つめることにだけ夢中で、女が店に入ってきても誰も気にとめたりしない。だから女は安心して、玉の自動販売機まで歩く。

男がいつもそうしてくれたように、二千円分だけ玉を買った。それは思っていたよりも嵩《かさ》があって女はとまどう。男の手で持たれていた時、ケースも玉も、ずっとずっと小さかったような気がするのだ。

人が全くいない列を選んで座ると、女は慎重に銀色の玉をはじき出した。その台は電動式ではないので、女は親指に力を込めなければならない。

一度目は、玉が空しく途中で戻ってきた。勢いがないせいか、二度目の玉も、やっとよろよろと赤い枠の中に入るだけだ。それでも女は、二度ほどチューリップの花心の中に玉を命中させることができた。

気恥ずかしくなるような音楽が鳴り、唐突に銀色の小さな洪水が起こった。しかし、それを受け皿の中に入れても、玉がつきるのに、そう時間はかからなかった。

古風な手動式のその機械は、女の腕をすっかりなめきっているようだ。いくつもの玉を吸い込むだけで、返してくれようとはしない。

女は最後のひと粒に運を賭けて、親指で大きくはじいた。玉はレールをひとまわりしたかと思うと、あまりにもあっけなく、チューリップのくきの中の穴に吸い込まれていった。

女はしばらくチューリップを見つめる。そのけばけばしい、だ円の絵の中に重なるものがあった。見知らぬ男の顔が、ガラスに映っていたのだ。

ふり向くと、男は女のすぐ後ろにいた。

おい。

男はなじるように言った。灰色のジャンパーの下に、黒いとっくりセーターを着ている男は、かすかに潮のにおいがした。しかし、漁師にしては陽にやけていない。

少し、玉、分けてやろうか。

男は若くはなかったが、中年というにはまだ間があった。目の端に小さな傷がある。それを目で何度もなぞっていたら、女は断わるきっかけをなくしてしまった。あっちへ行ってよ、という言葉がどうしても出てこない。

それを承諾のしるしと受け取った男は、気前よく箱の中身をすべて女の前にぶちまける。気のせいか、男の銀色の玉は、女のものよりもずっと艶がよく、いきいきとしているように見えた。

女は小さな声で礼を言って、また玉を指ではじき始めた。

六個目の玉をバウンドさせた時だ。女は男が再びもどってくるのを見た。玉で盛り上がった箱を手にしていた。いかにもかったるそうにこちらに歩いて来る。男が吹いている口笛の曲は、昔たいそう流行《はや》った歌謡曲だ。

男は無言のまま、女の隣りの台の前に立った。無言といっても、口笛だけは吹いている。

女も黙って手を動かし続ける。白っぽい蛍光灯の下、女の指はかえって黄色に見えた。やはり、もう一度礼をいわねばならないのだろうか。

口笛が聞こえてくる。有線からひっきりなしに森昌子の歌が聞こえてくる。玉のはじける音も、うまく命中した際の音楽も聞こえてくる。それなのに、人間の声だけがしない場所。

口笛が不意にやんだ。男は女の方をくるりと向く。

ねえちゃん、ヘタだねえ。オレが教えてやろうか。
断わりもなしに、手首をつかまれた。
ほら、ここにもっと力を入れんだよ。パチンコは、親指だけ使うと思っちゃいけない
の。そう、そう、その調子……。
男は、いったん女の手を離した。その後、もっていき場がないから、たまたまそうし
たんだとでもいうように、自分の手を女の膝の上に置いた。男の顔はそう陽にやけてい
なかったが、手は褐色に節くれだっていた。指が長くて太い。それが女の黒いスカート
の上を上下する。
女は振りはらわない。銀色の玉の動きに、夢中になるふりをする。
男の掌は、女の太ももの半球をぐるりとまわり、ももと椅子との接点にすとんと置か
れた。そして、直進を図る。スカートの裾《すそ》に到達した。
男が膝小僧の間を、やわらかくつまんだ時、女は自分が湯上がりでここに来たことを
思い出した。ももの奥の方で、じんわりとさっきの風呂の湯が、にじみ出たような気が
したからだ。
男の手は膝の上を往復し、やがてまだるっこしいと判断したのか、スカートを少し上
にたくしあげようとした。そして、おやっというふうに、ももの外側のつけ根のあたり

をせわしく動く。

おっと……こりゃいい。

気づいてからの男の反応はすばやかった。内側にすばやく指をすべり込ませようとする。女はあわてて、膝をぴったり閉じた。男の指よりも、残り湯があふれそうなのを気づかってのことだ。

ねえちゃん、ねえちゃん。

男の声は突然かすれた。

ちょっと、ちょっと、ちょっとだけさ、二人で便所に行かないか。それとも……。

声はうわずっていても、男の左手はしっかりと、女の玉子色のセーターの下にあるものをつかむ。男の手は正確ではなかった。女のそれの先端は、もう少し下の位置にある。急にセーターの毛を感じるようになった。ちくちくと刺すように痛い、女のからだのいろんな場所が尖り始めた証拠なのかもしれない。

な、な、ねえちゃん。いいだろ。ちょっとどこかへ行こうよ。

パチンコ台のガラスに、たくさんのものが映し出されたのを女は見た。それはまさしくあぶな絵だ。女のスカートは、太ももの半分までたくしあげられ、かがみこんでいる男の頭の中心は、大きく禿《は》げていた。このことにどうして気づかなかったのだろう。

正面から見る男の髪が、やや長めだった理由がわかった。女は禿が大嫌いだ。子どもの時から、禿の男にはいい思い出がない。

しかも目の前の男の頭部は、蛍光灯に照らされて、白い輪っぱをかぶったようではないか。

やめてよ。

まだ自分に、そんな力が残っているとは不思議だった。湯あたりのせいで、からだがしなしなになっていると思っていたのに、女は男の手をふりほどくことができた。

人を呼ぶよ。こんなすけべなことをしてさあ。

女は睨むと、軽い斜視が強調される。男もまたどうしようもない醜男だった。禿を隠すためだとわかると、油でてらてらした髪まで気味が悪い。

ちぇッ、すけべなのはどっちだよ。

男は言った。

パンツもはかずに、男を釣りに来たくせによ。

カウンターの前を通る時、カウンターにいる景品替えの女店員が、憎悪と軽蔑を込めた目で女を見た。もしかしたら、広角ミラーで、二人のやりとりを見ていたのかもしれない。

部屋にもどった時、女はうっすらと汗をかいていた。電気を灯けぬまま、窓から外を見る。もしかすると、さっきの男が自分の後を追ってきているのではないかと思った。しかし、夜道には相かわらず誰もいない。海の向こう側のあかりも消えて、いっそう暗くなっただけだ。

床にしゃがみ込んだまま、ビールをごくごくと飲んだ。ビールは少し冷えすぎていて、胃が痛くなった。

そのまま畳の上に横になった。波の音はここまで届かず、隣りの男もまだ帰ってこない。女の息だけが聞こえる静けさだ。

その合い間にも、ももの間から湯は流れ続けている。それがもう、奥に入り込んで残っていた風呂の湯だなどとは女は思っていない。最初から、そんなことはわかっていた。けれど、自分があんな男に発情したとは考えたくはない。

セーターの胸がまだちくちくする。きっとまだ尖ったままに違いない。セーターの上に手をやると、ぴりっとした感覚が真一文字にひろがる。

女は看護婦のような注意深さで、そろそろとスカートの中に手をやった。ぬるい液体が、ももの半分まで流れて来ていることに、女は素直に驚く。

もし生理が終ったばかりでなかったら、血液と間違えてしまいそうな量だ。立て膝をして指をあてがう。この時まで、女は実験をしているような手つきだった。指に光るものを、蛍光灯を灯けて、それにかざして見たりもした。

こんな明るいところで見るのは初めてだ。粘り気はあるのに透明の液。からだのあんなところから出るのに、どうしてこんなに綺麗な色をしてるんだろう——。女は思う。そして女は、自分のその部分に、限りない同情を寄せた。

愛人の男から電話があった時から、ここはこんなふうに男を待っていたのだろう。期待はずれに終っても、ひとりで暖かいものを中でつくり、外に押し出そうとしているのだ。

いつか女の中指は、みっともないほどたやすく、中に吸い込まれた。罠《わな》にはめられた、という表現があてはまるほど、するり、とだ。

自分の手で、自分の足を大きくおしひろげる。いつも男がするみたいに。ステンレスの流し台の足に、左右対称の自分がゆがんで見えた。

もし近くに鏡があったならば、もし、窓から覗く男がいたならばという想像は、女の好むものであった。そう頭に思いうかべた瞬間、おこりのような小さな震えがきた。

しかし、中途半端な感情は、女を荒々しい感情にかりたてるだけだ。タイルの床に座ったまま、地団駄を踏んでも、焦《じ》れてみてもどうすることもできない。

あれをしたいのよ、あれを。

来ない男を心から憎いと思う。その男を奪おうとしている、あの若い女を殺したいとも思う。

畜生、畜生――。

女は喉の奥で叫ぶ。

そして女にはひらめくものがあった。スカートを尻までまくったまま、冷蔵庫に近づく。野菜室を開ける。しかし、昼間市場で買ってきたねぎは、そこにはなかった。

どこへいっちゃったんだよお――。

やっと思い出した。ねぎは長さがあるため、冷蔵庫の中に入らず、流しの隅に置きっぱなしにしておいたのだ。

女は思い出す。まだ女が今よりは若く、男がそのからだに夢中だった頃だ。男はいくつかのいたずらをした。あやしげな店で買ってきたという動くおもちゃだったこともあるし、蜜をそこに塗りたくったこともある。

そして、時々思いついて、小ぶりの茄子《なす》や胡瓜《きゆうり》を女のからだに入れた。

痛いわ、痛いわ。やめてちょうだい。

そのつど女は大げさに騒ぎ立てたが、それは嘘だった。固くもやわらかくもなく、温度もない野菜のそれは、本物には遠くおよばない。

しかし、男が生まじめな産婦人科医のように、その小さな野菜をきちんと挿入しようとしているさまは、女の快感をいっきに破裂させるには十分のものがあった。男がこれほど一生懸命になっているのをあまり見たことがなく、それが女にとっては、嬉しくいとおしかった。

だから口に出してこそ言わなかったが、男が胡瓜を寝床まで持ってくるたびに、女は喜びのあまり、気が遠くなりそうになったものだ。

ほら、ほら、お前にちょうどぴったりのものがあったじゃないか。

男はできるだけ卑猥なことを言い、胡瓜でぴちゃぴちゃと女の頬を叩く。そして必ずその前に、口にくわえさせた。男のそれを、女のからだに埋める際の儀式を、男は胡瓜の時にも強要したのだった……。

男が以前そうしたように、女は左手にねぎを握りしめていた。男を真似て、自分の中心にあてがう。けれど女は、自分では位置がよくわからない。やみくもに突いたら、にぶい痛さが走った。

女は右手を使い、もう一度構造を確認する。中指と親指とで、できるだけ大きくおし拡げた。ゆっくりまわしながらねぎを入れる。女は自分が、もっくり掘られた大地になったような気がした。

ずっとステンレスの流しに入れておいたので、秋の冷気がねぎ全体にうつっていて、それが、いちばんやわらかい部分をとおしてじんと染みてくる。

さらにくるくるとまわしていくと、自分の内部でそれをはじこうとしている動きが生まれてくるのがわかる。

自分のからだは嫌がっているのか、喜んでいるのか。

しかし、女はそれにかまわず、ねぎをさらに奥に進ませる。このあたりで大丈夫というところで止めた。そして首を伸ばして見る。ねぎは根元の方が、何センチか姿を消していた。その出ている部分をしっかりと掌でくるめば、それ以上無理に進ませることはない。ちょうど男の性器を口で愛撫するようなものだ。

ここまで用意を整えた後、女はゆっくりと白いそれを動かし始めた。ねぎはわずかな間に、緑の部分まで冷気を失い、ぬるさを帯びている。火を養っている自分の内部を、女はちらっと想像する。

今まで自分のからだは、男によって伝聞されるものであった。自分でしげしげと見たこともなく、自分で評価をくだしたこともない。それは本当に正しかったのかどうか、男を少し疑い始めている。

しかし同時に、たとえそれがどんなに低いものでも、不当なものでもいい。直《じか》に男の口から聞きたいと女は思う。

ほら、動くんじゃない。

男の声を真似して言った後、女は手を激しく左右に、上下に動かす。やがて、ねぎのつるりとした質感を、女ははっきりととらえた。

ほら、ほら、もっと夢中になるんだよ。

男のふりをするためではなく、自分に言いきかせるために女は口に出してみる。

ほら、ほら、みっともないことをして。

台所の床を這いずりまわって、足を大きく拡げ、自分の手でねぎを入れている女、それがお前なんだ。

女の場合、みじめさがいつも、快楽への近道を案内してくれた。だからそう思うことによって、女はきらめく瞬間をつかまえようとする。

私の内で、ぐったりとなっていく白いねぎ――。

女は考える。そしてねぎは、いつしか今日来なかった男の男根となる。憎いと思う。殺したいほど憎いと思いながら、女は魂全体でそれを締めつけ、離すまいとする。

まな板の上に、ねぎが一本のっている。

何の変哲もない、はしりのねぎだが、女だけはそれが違うということを知っている。もし濡れた手でそれをつかめば、指にぴたとまとわりつく、膜のような感触に気づくはずだ。緑に近い部分には、わずかに粉をふいている部分がある。透明な光り輝くものは、ひと晩たつと、不気味に粘着性を持つようだ。

ねえ、ビールはもうやめて、お酒をつけようか。

いや、もうちょっとビールを飲む。

男はビールを口にふくみながら、ゴルフと競馬の中継を、かわるがわる見ている。次の日の日曜に、まさか男が来るとは思わなかった。

日曜の夕方なんかに、ここに来たりして大丈夫なの。

娘が急に産気づいたんだよ。あわてて、うちのおばさんは、向こうに行っちまいやがった。

え、そんな年齢《とし》になるの。

女には初耳だった。男の娘は、ついこのあいだまで高校生だったはずだ。

それがな、高校の時に、もう言い交した男ができやがったんだ。卒業を待って、籍だけでも入れたいとかひいひい泣くもんでな。仕方ない、そうしてやったさ。そしたら一年もしないうちに、もう腹ぼてだぜ。

じゃ、あんた。お爺ちゃんになるんだ。

やめてくれよ。俺はまだ四十三歳だぜ。

けれど男はまんざらでもなさそうで、ちらちらと時計に目をやる。

初産っていうのは、時間がかかるんだってな。今日の夜中から、明日の朝なんて言ってたけど、やっぱり十時には帰らんとな。

女は、そんなことをつぶやく男の背中を見る。もうじき祖父になると聞いたせいか、背中が急に丸くなったような気がする。

それでも別れられないと女は決心する。

だが許せないのは、男と共にすごした過去の不実さでも、これから始まろうとしている裏切りのことでもない。昨夜男が来なかった、そのことだけを、女は深く恨んでいる。女が男を、心の底から欲しいと思う時は、そう多くはないのだ。その時に居合わせなかったことで、男はどんな制裁をも受けなければならない。

男のために、ビールの栓を抜いてやった後、女は再び流しの前に立った。ためらった揚句、まな板の上のねぎに包丁を入れた。やがて軽快な音が、女にすべてのことを忘れさせてくれる。

冷蔵庫からたいら貝を出し、小口切りにしたねぎと混ぜ合わせる。酢を多めに入れ、味の素をきかせた。

おい、ゴルフ。やっぱりゴルフにまわしてくれよ。

小鉢を持っていった女に男は言う。

馬もよ、買ってなきゃ、見るだけじゃおもしろくないもんな。

チャンネルをまわすと、パットを決めようとしている外国人ゴルファーの姿が映った。

お、こいつが首位に立ってんのか。

男は画面から目を離さずに、箸で小鉢のものを口に運ぶ。

おいしい？

ああ。

よかったあ。

女は微笑む。

あんたのために、一生懸命つくったのよ。

プール

飛び込みは禁止されているから、そろそろと階段を降りる。二段ほど足をおろしたら、水面が突然、脚のつけ根すれすれに来た。水は美和子の中心線を垂直に横切る。あまりにも場違いな感触に、美和子は一瞬だが頬を赤らめた。

いったんからだをすべて沈めてみる。底が青く塗られているプールは、まるで海の底のようだ。といっても、美和子は海の底など見たことはない。見たことはないが、たぶんこんなふうに静かで、気だるいものなのではないかと思う。

五メートルほど前を泳いでいる足のたてる水泡が、ゆっくりとこちらに漂ってくる。それを水死体のように、ただからだを浮かしながら美和子は見る。

まだ手足は動かさない。何年ぶりかの水に、からだがとまどっている。

最後に泳いだのは、いつだったろうか。そう、確か七年前の夏だ。え、七年前、嘘でしょうと、美和子は自分の出した答えに驚いてみるが、確かにそのとおりだった。OLの仲間四人と、サイパンに行った。あの時の水着の柄まではっきりと憶えているから間違いはない。黒いイタリア製のその水着は、足のくりの角度が大胆で、一緒に行った女たちを驚かせたものだ。まだハイレッグという言葉などない時代だったから、浜辺でも男たちの目をひいたらしい。

日本人の若い男性のグループと、アメリカ人の二人連れが、「一緒に泳ごう」と声をかけてきた。

そんな自慢話と共に、バカンスの写真を見せたら、誠一は露骨に嫌な顔をしたものだ。

「どうして、こんな下品なものを着るんだよお。ちょっとやりすぎだよ」

「どうして。仕方ないじゃないの。私のサイズに合うのは、外国製のものしかないんだから」

美和子は背たけが百六十七センチある。骨組みがしっかりしていて、肩幅はそう広くないが、非常に大柄な印象をあたえた。

七年前といえば、美和子はちょうど二十八歳で、腕のつけねや腹部にうっすらとした肉がつき始めた頃だ。

「こんな大胆な水着を着られるのも、これが最後かもしれないわね」

などと言ったら、本当にそのとおりになった。

その年の秋に、美和子は念願の転職を果たすのだ。フリーの翻訳家など食べていけるはずがないとまわりからさんざん言われたが、それまで通っていた夜間の翻訳学校の教師の口ききで、PR用のパンフレットの仕事がもらえた。

それから二年後には、大変な幸運がやってくる。アメリカの女性史研究家が書いたエッセイ集を訳したところ、これがかなりのベストセラーになったのだ。

もちろん、翻訳者の印税などはたかがしれている。しかしこの一冊のおかげで、美和子は業界でも名前を知られるようになり、大きな仕事が舞い込んで来るようになった。

「忙しい、忙しい」が口癖になったのと、美和子の腹のあたりに、はっきりとわかるぜい肉がつき始めたのは、ほぼ同じ頃だったと思う。

二十代の頃には、ウエストのくびれや鎖骨のくぼみをひきたたせるようにあった脂肪は、三十をすぎたあたりから、突然自己主張をするようになった。

スキーやテニスにも縁がなくなり、海外旅行といえば、仕事の打ち合わせや取材であわただしくニューヨークやロスアンゼルスへ飛ぶくらい。いろいろ不満の多いOL生活だったが、夏と冬にはきちんと休暇がとれ、ハワイやグアムにも毎年行けた昔を、美和子は多少優越感を込めて懐かしく人に言うことがある。

「勤めてる時が、やっぱり気楽でよかったわよ。給料も悪くないところだったしね」

そんなグチをこぼす時は、美和子の機嫌のいい時で、長い原稿を編集者に渡してほっとひと息つく夜などだ。

学生時代から行きつけのスナックで、美和子はよくビールを飲む。前は中瓶一本ぐらいしか飲めなかったのに、今は大瓶の他にウイスキーも注文する。

ロックで飲み干す美和子に、ママが声をかける。

「でも美和子ちゃんって貫禄ついたわね。そんなふうにグイッてあおると、いっぱしの先生に見えるわ」

貫禄がついたというのはママの遠まわしの言い方で、美和子が急に肥満したことを言っているに違いなかった。それを聞くのはそう愉快ではない。

一日中、椅子に座る生活を始めてから、肉の手ごたえというのがわかるようになった。以前に比べて、そう食事の量が増えたとは思えない。美和子は祖母や母たちを思い出す。みんな中年以後、たっぷりと肉のついた女になったはずだ。それは自分とは無関係な場所で行なわれていると信じていたのだが、いつしか美和子自身の体内で始まったという驚きととまどい。小川のせせらぎのように、美和子の食したものは、小気味よく音をたてて脂肪へ流れ込む、そんな気がする。

「あんた、男いないの」

「いない」

誠一とはとうに別れていた頃だ。それがどんな原因だったかははっきりと憶えてはいない。その後、学術書の出版社社員や、エージェントの男と短い情事を経験しているが、言うほどのものでもないだろう。ああいう関係は、働く女にとって軽い雑誌のようなものだ。別に読まなくても構わないのだが、つい手にとってしまう。そして見た後は何も残らない。


美和子は泳ぎ始める。泳ぐといっても全くの自己流だから、手と足を勝手に動かすだけだ。少し息を吐くタイミングと、手が合わないような気がする。

それにしても陽ざしが明るい。ガラス窓から光がさし込んで、プールはまるで巨大な劇場のようだ。男が三人、女が二人、縦にゆっくりと往復するのを、眺める見物人はいない。もしかすると二階の喫茶室で誰かが見ているのかもしれなかったが、泳いでいる人間には何も見えなかった。

水はぬるくやわらかい。美和子の心臓はそれが心地よいとでも言っているように、こことことと音をたてる。ああ、いい気持ちだ。

不意に男の足が見えた。どうやら横を泳いでいた男が、コースをはずして美和子の前に来てしまったらしい。紺色の海水パンツが、上下にあわただしく動いているのが見える。

さっきも見た男だ。その男の性器と、自分の唇とは、水という物体によってつながっているのだという考えから、美和子は逃れることができない。

それは仕方ないことだとあきらめると、不思議な快感がわき起こる。水はぬるぬると暖かく、美和子を〝じくなし〟にする。

自分はいったい何のために、このプールに通うことになったのかと、美和子はもう一度自分を叱りつけなければならなかった。

指がずぶずぶと入りそうなほど、たっぷりとついた白い脂肪。それを燃やすために、美和子はここに入会したのだ。

入会費七万円、年会費三十六万円というのは決して安くない。美和子はそのために、あまりやりたくなかった、宗教団体の教則本の英訳を引き受けなければならなかったのだ。けれどもこうして毎日水にひたっていれば、いつか脂肪は溶けていくに違いない。

いつのまにか、両の手が白くふやけていた。青い水の上で、まるで血をぬきとられたようにぐったりとなった手。立ちどまってそれを見つめていると、昨夜の誠一の腹を思い出す。男は太りはしないかわりに、なぜか色が白くなった。そして毛深くなったと自分でも言う。

「食べ物のせいかなあ、体質が変わっちゃったっていう感じなんだよね」

しきりに首をひねる。

男が何を食べているのか、美和子はほとんど知らない。彼のために食事を整えるのは、彼の妻の役目である。

六年前に彼は結婚していて、三歳になる娘がいた。その娘を溺愛《できあい》している男は、時々写真を見せる。

「な、な、可愛いだろ。この年齢で黒いワンピースが似合うなんて相当なもんだよなあ」

まあ、本当に可愛いと言って、美和子もスナップを覗《のぞ》き込む。おかしいほど嫉妬はなかった。

そして娘の写真を見せた五分後に、誠一はあわただしく美和子を抱く。そして終った後、必ずこう聞くのだ。

「お前、最近男が出来たんじゃないのか」

そう言えば、美和子が嬉しがると信じているに違いない。だからそのたびに、美和子はうっすらと笑うことにしている。

「そんなわけないでしょ。こんなオバさん、誰が相手をしてくれるもんですか」

すると男は、美和子のいかにも喜びそうなことをいろいろささやく。睫毛が長い、可愛い声をたてる、何ともいえない風情がある……。

以前はこうではなかった。誠一も美和子も若かった頃、二人の間にこうした空々しい言葉は必要でなかった。もしあの時、美和子が私のどこが好き？　と尋ねたとしたら、誠一は何も言わず彼女の足を押し開いたはずだ。

現在《いま》の誠一には、やさしくならなければいけないたくさんの理由があった。黒と水玉のフリルのワンピースを着た娘の写真、職場結婚した七歳下の妻、横浜の郊外にマンションを男は持っている。けれどもそれらは、美和子をそう苦しませたりはしない。

妻子ある男との情事の心地よさは、女が結婚の野心を持たない限り、いつまでも続く。おまけに誠一は一度別れた男なのだ。

「別れた男は鴨《かも》の味っていってね……」

同じような年頃の女友だちが言ったことがある。

「わりといいものよね。てっとり早くて、めんどうはかからない。ま、鴨っていうよりはカップラーメンかもしれないけど」

「三分間待つだけ」

別の女が混ぜっかえして、女たちはどっと笑った。

三分間以上はかかったわね、と美和子はひとり思い出す。ま、一応こちらもいったんは断わったはずよ。

それは旧い友人の結婚パーティーだった。美和子のような年齢で、ましてやフリーランスともなると、人の結婚披露に招かれるのは非常に少なくなる。人恋しさのような感情が、つい出席のハガキを出してしまったのだろう。誠一が来ることは、十分考えられる集まりだった。

四十一歳にして、二回目の結婚をする友人のパーティーは、なんと六本木のディスコで行なわれた。

「ずいぶん無理して若づくりしちゃってる」

「嫁さんが若いからだろう」

「若いっていっても三十五歳よ。ファッションメーカーにお勤めなんですって」

そう若くない連中が多いせいか、フロアに出て、踊ったりはしない。中央のテーブルには、派手な盛りつけの料理が並んでいて、またたくまに空になっていく。どうも人数を多く呼びすぎたようだ。肝心の花嫁花婿には、なかなかお目にかかることができない。常に人の輪に囲まれているからだ。

もう帰ろうと出口に向かいかけた時、誠一に会った。

何も変わっていなかった。

「よっ」

男は言って目をしばたたかせた。やや照れた時の癖なのだ。そのわりには積極的に出た。

「退屈なパーティーだよな。ね、どこかで飲み直さない」

「私、このへんのお店知らないわ」

即座に断わろうと思う気持ちに靄《もや》がかかったらそんな言葉になった。それを誠一はすっかり承諾の言葉と受け取ったらしい。

「いい店、いっぱいあるよ。こんなに騒がしくて、こんなまずいもん食べさせるところ脱け出して、早くいこ」

タクシーはなかなかつかまらなかった。六本木といっても、麻布十番に近いこのあたりは、車の流れがいまひとつよくないのだ。

それで二人は歩くことにした。鳥居坂を上っていくと、長い土塀が続いている。

「元気そうじゃないか。安心したよ」

男は実に陳腐なことを言った。

「元気すぎて困るぐらいよ。すっかり太っちゃって……」

美和子はむっつりと答える。今さら別れた男に恨みなどはなかったが、どうしてもっとみなりに気をつかってこなかったのかと悔まれた。同じ三十代の半ばといっても、花嫁の友人たちとまるで違う。

ファッション関係の連中が多いせいか、流行のドレスをすっきりと着こなし、アクセサリーもあかぬけている。それより美和子をたじろがせたのは、彼女たちのプロポーションのよさであった。

さぞかし大変な節制をしているのだろうが、目尻に小ジワのある女たちも、ウエストのあたりは綺麗に整っている。足にもぜい肉がついていない。そんな中に混じって、誠一の目には、自分はどううつったのだろうか。そんな感情が、美和子にこんなことを言わせる。

「あなたはちっとも変わらないわね、昔のまんまよ」

〝昔〟と、そう年とってもいない人間が舌にのせる時、そこには一種の甘美さがある。それに媚《こ》びも加わった。

「美和子ちゃんだって、ちっとも変わっていないよ」

誠一は街路灯を背にして、美和子を立たせるようにした。肩に手を置き、しげしげと眺める。

「前よりも素敵になったよ。なんていうのかな、全体的に自信にあふれていきいきしている」

美和子はその瞬間、別れたいきさつをすっかり忘れてしまったような気がする。

確か男が浮気をしたのだ。それは少し前だったら見逃すか、あるいは口汚なくののしりあうことですんだ出来ごとだった。しかし美和子はそれを許した。許すかわりに別れを選んだ。あの頃、誠一は「潮時《しおどき》」という言葉を何度も使ったが、本当にそのとおりだったのかもしれない。

二人で酒を飲み、その後はお決まりどおりホテルへ行った。

「別れた男は鴨の味」

というリフレインがその時聞こえなかったというと嘘になる。

けれども、誠一が美和子の裸の背を抱きながら、こうつぶやいた時、美和子はうっとりと目を閉じた。

「お、お」

彼は少しおどけた調子で、美和子の背骨のあたりを押して言った。

「お、ちょっと太ったんじゃないか」

それは軽い怒りを含んで——もしくはふりをして——いた。自分の所有物が変化したのではないかという抗議と疑問を込めた声は、幼く、そして優しさに満ちているようで、美和子をせつなくさせる。

「だって、仕方がないのよ——」

言いかけた言葉は、男の唇でふさがれた。

男は、確かめるように美和子の太ももや尻に掌をあてる。何年かぶりに留守宅にもどってきた主人が、柱やそこいらの壁をいとおしさを込めてたたきまわるのに似ていると思った。

やがて誠一は美和子の両足を高々と持ち上げ、上から入ってこようとする。彼の好きなかたちだ。

その時、もしかすると、美和子は「やめて」と叫んでいたかもしれない。男は見るはずだった。折られると腹に大きな肉のうねりができる。それは七年前には決して見ることのできなかったうねりなのだ。

何度も途中で立ち止まったが、五十メートルプールを二往復するとさすがに疲れた。美和子は上にあがって休憩することにした。

プールサイドのまわりには、デッキチェアが十ばかり置かれている。さっきはいなかった初老の男が、そこで本を読んでいた。ジョギングパンツの上にバスタオルを重ねている。

それほど自分のからだをいたわることの延長線上に泳ぐことがあるらしい。

美和子は自分の濡れた足を見る。目立つほどではないが、臑《すね》に何本かの生毛《うぶげ》があって、そこに水滴がたまっている。そのとどまる時間は、次第に長くなっていくようだ。

二十代の頃、たとえばバスルームでシャワーをあびると、まるで潔癖な少女のように、肌はぷるんと水をはじいた。いま自分の皮膚は、やわらかくなめされて、いつまでもぐずぐずと水をひきとめていく。

もう若くないという思いと、まだ若いという思いは、よくこうしてせめぎあって、この頃の美和子を息苦しくさせる。

息を整えながら目を閉じた。すると水の中にいたのとは別の男の姿がうかんでくる。

誠一ではない。過去の男たちでもない。美和子がおそらく最後の恋だろうと考えている男だ。

一年間の海外出張に発つ前に、男は結婚をほのめかしている。

「もしどちらの気持ちも変わらなかったら、そうしたら……」

「そうしたら?」

美和子は問うた。

「それから先、一緒に暮らそうじゃないか」

それもいいかもしれない、と答えながら、美和子は舌なめずりをするような気持ちで、誠一との別離のことを想像した。

この二年間というもの、あきらかに彼は美和子のことをなめきっていた。美和子は絶対に結婚願望も結婚の相手も所持していない女だと思っているはずだ。

その男に向かい、ある日突然、哀しげに笑ってみせよう。

「やっぱり、結婚することにしたの、私……」

この少女じみた空想は、他では得られないほど美和子を幸福にさせる。

誠一はひといちばいプライドの高い男だから、冷静を装うはずだ。

「そう、よかったじゃないか」

とにこやかに笑うだろう。けれどそれが特徴の切れ長のふた重まぶたは、忙しくまばたきするにきまっている。

とその時美和子は思った。新しいその男は一年の任期だったが、夏には休暇をとるという。君さえよかったら、一緒にヨーロッパをまわってこようと男は言った。一度妻と別れている彼は、確かにさめたところがある。しかし甘い言葉や夢はないかわりに、穏やかなやさしさがあった。

美和子の母などは、こんなチャンスはもう絶対にないよと、口を曲げるようにして言う。

「早く安心させてよ。孫の顔を見て死にたいからね」

いずれ、と美和子は言う。

「いずれ、あの人と結婚すると思うの。だからそんなにせかさないでちょうだい」

その男とは、まだ五回ほどしか寝ていない。予想通りの抱き方だった。手順をきちんと踏んで、女の反応を確かめては次に進む。

一回やや照れて、上になってみませんかと誘ってきたことがあるが、美和子は断わった。

「あれって、いかにも女が淫乱なようで嫌いなんです」

男の腹の上にまたがるようにすると、美和子の胸はへその上に垂れさがる。腹は三つめの巨大な乳房となって、恥毛を隠すように垂れる。そんな醜さを、どんなことがあっても男には見せまいとして、美和子はいつもふつうであることを要求するのだ。

しかし、誠一とはなんでもできた。彼の上に馬のりになり、男の髪をつかみながら激しく腰を動かす。やがて美和子が満足してぐったりと横になると、今度は彼女の顔の上に誠一がまたがる。

「ほら、ほら」

卑猥な声を出しながら、まだ十分に固さの残るそれを、口に押し込む。美和子はまるで自分が、白い陶器でできた便器になったような気がした。

けれどみじめさはなく、それよりも、なにかを共有している思いの方が強い。

「私たちって、似た者同士よね」

その後美和子はよく言う。

「自分勝手なセックスしかしない」

「でも相性は、いいよ、な……」

未来も責任もない誠一とならどんなこともできた。他の男とならば腕で隠すさまざまなふくらみをすべてさらけ出し、内臓まで見せる。

そんなふうな自分を、誠一が満足しているかどうか、美和子はあまり考えないことにしている。たぶん彼の若い妻は、しなやかな肢体《したい》を持っているに違いない。誠一はそんなことはないというが、多分いろいろな場所を比べているはずだ。

美和子を大胆にさせているものは、過去の二人ですごした歳月だ。知り合った十年前、美和子の体重は今より十数キロ以上少なかった。

「美和子ちゃんは可哀相だね……」

誠一は美和子の肩に歯をたてたりした。

「こんなに痩せた、細い肩でさあ……。可哀相だ」

現在の誠一はもうそんなことは言いはしない。ほんの時たま、美和子の胴のあたりの肉をつまんで「すごいね」と、素直に感嘆することさえあった。

「私って、この頃太ってきたでしょう」

「まあね」

誠一は無関心なふりをする。それが彼のいいところだった。

「ねえ、誠ちゃん」

「なんだよ」

「こんなデブな女、抱くの嫌じゃないの」

返事がわかっているから、わざとこんなことを言ってみる。誠一はそれほどずるい男ではなかったので、

「肉がやわらかくて気持ちいいよ。僕は太ってる女の方が好きだなあ」

などという見えすいたことは決して言わない。

「仕方ないよ」

ぶすっと答える。

「太ってても、痩せてても美和ちゃんは美和ちゃんだから」

それにしても、どうしてああ堅固に痩身《そうしん》を実行しなかったのだろうか。

三十のなかばになって、美和子の筋肉は誰が見ても脂肪に変わった。あやういところでバランスがとれていたからだが、ある日いっきに肉がつき、ぐずぐずとふくらんでいくさまは、一種爽快《そうかい》でもあった。

母親やたくさんの友人たちが、口を揃えて美和子にダイエットを促しても、美和子は腰を上げなかった。

今にしてみれば、それは堕ちていく喜びに似ていたかもしれない。

白く大きくなり、そして腹にも腕にもいくつもの筋をつけた自分を誠一に抱かせる。泥にまみれるというよりも、自分自身が果てしない泥だったろう。その中にちゃぷちゃぷと誠一は入ってきて、上でころげまわった。

嫌気がさしたことは何度もあっただろうが、それでも誠一は根気よく美和子の足を拡げた。見て見ないふりをしながら、ひたすら乳房だけをなめまわした。

それは自分がいったん捨てた女を、もう一度抱いてしまった男の務めであり、課役なのだ。

美和子が泳ごう、体重を減らそうと決心したのは、つい最近のことだ。新しい男は、プロポーズの言葉と一緒に、控えめにこんなことを言った。

もうちょっと頑張ってくれれば、ウェディングドレスが綺麗に着られるかもしれないよ。

そうねと頷《うなず》いて、美和子は誠一との別れと痩身とを決心したのだ。

嫁ぐ男のためにではなく、別れる男のために、美和子は美しくなろうと思う。このままでは誠一の記憶の中で、自分はただの太った中年女になってしまう。それはどうしても避けたかった。

男を追ってフィンランドに行く前に、脂肪はできるだけ落とすのだ。そして水平になった腹を、誠一の前にさし出そう。

彼はたぶんこんなことを言うにきまっている。

「やっぱり、この方がいいなあ……。今だから言うけどさ、このあいだまで美和ちゃん、ひどかったよなあ……」

そして美和子の肥満は、二人の過去の思い出になる。

その瞬間、美和子は誠一から離れればいい。その言葉を聞きさえすれば、もう彼には用はないのだ。男の記憶の中で、しなやかな女になりさえすれば、それで気はすむのだ。男と別れるのは、女にとって死ぬよりつらい。執着や憎しみを持たれずに、男と別れるのは、女にとって死ぬよりつらい。

美和子はプールサイドに立った。

デッキにいる間に、陽が少しかげった。光が変わったから、水の色も少し変わっているようだ。

その中に入ろうとして、美和子は躊躇《ちゅうちょ》する。プールの中には退屈な未来が、後ろのデッキのあたりには投げやりな過去があった。

けれどプールで飛び込みはいけない、注意書きにそう書いてあった。

トライアングル・ビーチ

撮影は九月一日から、二週間と決められている。

この時期になると、沖縄はとたんに観光客がまばらになり、海岸もホテルも静けさをとり戻す。しかし、太陽はまだ真夏の輝きをもち、人々の真上にある。

少女の水着姿を撮るのに、これほど適した季節があるだろうか。

キャンペーンの、ロケスタッフは次のとおりだ。

アートディレクター　大楠良二

デザイナー　結城典継

カメラマン　早瀬文郎

カメラアシスタント　向坂潤

同じくアシスタント　新関浩
スタイリスト　村上実香子
ヘアメイク　坪井美枝
コピーライター　大内賢一郎
モデル　金内みどり
K航空宣伝部　橋本葦人
代理店から　栗田基成

スチールだからコマーシャルフィルムの時ほど多くはないが、ざっと十一人のメンバーだ。ファクシミリで送られてきたコピーを目にしながら、実香子は小さなため息をついた。

三十をすぎてから、ロケに行くのが億劫《おっくう》になってきている。よく仕事を組む顔馴《かおな》じみの人間も何人かいるが、初めての人間と空港か駅で出会い、そのまま何日か一緒にすごすのがロケだ。当然さまざまな食い違いや、いさかいも起こる。しかし撮影が終了する時は必ず拍手が起こり、その晩は宴会になる。そして、次の日、また空港か駅で、みなは手を振って別れる。

二十代の頃は、むしろ楽しんでいたこれらのプロセスに、始まる前から疲れている。海外ロケも、極力少なくするようにしているのだが、カメラマンの早瀬からの依頼とあっては、断わるわけにはいかない。

それにしても、今回の彼の行動をどのように解釈したらいいのだろうかと、実香子はあれこれ思いをめぐらす。

早瀬と自分との仲が、業界で公然のものとなっていたこの五年間、彼は実香子と組むことをむしろ避けていた。自分の愛人を、積極的に使うカメラマンは実に多かったが、早瀬は世評をひどく気にする男だ。妻子あるカメラマンが、スタイリストを愛人にするのは構わないが、愛人のスタイリストとチームを組むのはいさぎよしとしない。

これは業界にあっては立派な良識というものであろう。

売れっ子カメラマンの早瀬の意向を汲んで、彼が撮る時は、代理店もプロダクションも、実香子に仕事を発注してこない。それなのに、今回のロケは、早瀬からどうしてもと言ってきたのだ。

「手切れ金がわり……」

ふっとそんな言葉が頭をかすめた。

K航空のキャンペーンというのは、毎年マスコミの話題になる。選ばれたモデルの中から、タレントになった例も多いし、彼女たちの美しい肢体は雑誌のグラビアを賑わせる。広告費も、けた違いに多い。

実香子に示されたギャラは「九並び」であった。税金分を入れて、九十九万九千九百九十九円という金額は、スタイリストに支払われるものとしては、かなりのランクだ。

しかもメリットはそれだけではない。化粧品と航空会社のキャンペーンを手がけるクリエイターたちは、一流という手形を手に入れることができるのだ。

消費者の前に出る時は無名の広告人だが、業界誌では違う。大きく特集を組まれ、名前ははっきりと表示される。そのクリエイター自身がインタビューされる。つまり〝ハクがつく〟のだ。

写真業界では、五本の指に入るといわれる早瀬は、K航空だけではなく、大手の化粧品会社のキャンペーンも毎年手がけている。彼にとって、今回の仕事はいつものひとつにすぎないであろうが、実香子は違う。Bランクの上といった境遇から、いちやくAランクへと昇るチャンスなのだ。

K航空のキャンペーンを手がけたことによりおそらく今後、仕事も増えるであろうし、ギャラも上がるはずだ。それを無造作にあたえた早瀬の心を、実香子は図りかねている。

「柳元君が、ニューヨークに行ってしまうんで、君に頼もうと思って」

電話の向こうで、やや早口に早瀬は言った。柳元玲子というのは、いつも彼と組むスタイリストだ。玲子がキャンセルというのならば、彼女クラスのスタイリストにまず声をかけるはずだ。それなのに、どうして実香子を選んだのだろうか。

この一カ月半というもの、二人は会っていない。お互いの仕事が忙しくて、時間をつくれなかったこともあるが、それを苦痛と思わない関係にいつしかなっていることに、実香子は気づく。

この五年間のうちには、さまざまなことがあった。早瀬が一時期、実香子のマンションから仕事に通っていたこともあるし、「奥さんと別れて」と、実香子が泣きじゃくったこともある。熱い季節を通りすぎて、今の二人の関係は、くされ縁とも成熟とも言いかねるものだ。考えようによっては、どちらともとることができる。

ただ噂はいくつか耳に入ってきた。早瀬が売り出し中の若いタレントと、一緒にハワイへ行った話。モデルにブルガリの時計を買ってやったという話。

そのたびに実香子は、自分が嫉妬というものに、いかに慣らされているか知るのだ。あまりにも大量の女たちが現れたために、嫉妬は実香子にとって身近な、親しみやすいものになっている。それをうまく操る法も会得した。

早瀬の妻も、同じようなことをしているのではないかと思ったとたん、ふっとおかしくなったことさえある。かつて憎んだ女に、不思議な連帯感さえ持っているのだ。もしかすると、こういう心境こそ、友人の言う「潮時《しおどき》」なのかもしれぬと思うこともある。自分がそうなら、早瀬も同じことを考えていないとは誰が言えるだろうか。今度のロケを最後に、彼は自分と別れたいのだろうか。沖縄でゆっくり話す機会を持つつもりなのだろうか。

そんなことを考えると、実香子はますます億劫になるのだ。

東京ではゆるやかに衰えようとしている夏が、沖縄でははるかに強い生命力を持ち、まだ燃え続けていた。

那覇空港の到着ロビーを出たとたん、陽ざしで一瞬目が痛くなった。

「わー、やっぱり沖縄はアツーイ」

みどりがはしゃいだ声をあげた。四百五十人の中から選ばれた彼女は、長い足をさらに誇示するようなミニスカートを穿《は》いている。オーディションといっても、一般公募ではなく、各モデルクラブが推薦する女たちだ。手垢《てあか》のついていない新人というのが条件だったから、どのモデルクラブも、スカウトしておいたとっておきの少女を、手つかずのまま、オーディションに差し出す。

みどりも短大の二年生で、モデルの仕事はこれが初めてだという。というものの、おそらく来年の春には、誰もが顔を知っている人気者になるはずだ。

みどりはそんな自分の幸運をよくわかっているかのように全く屈託がない。すでに東京の日焼けサロンで、かなり焼いてある腕や足を、ぐっと伸ばすような動作をする。

「わーい、やった。ステキ、いっぱい泳いじゃうもんね！」

これには皆が苦笑した。

「甘い、甘い。みどりちゃんには、しっかりお仕事してもらうから、そんなヒマはありませんよ」

ヘアメイクの美枝が声をかけた。二十八か九になるだろうか。最近めきめき売り出している女で、ロンドン帰りというのが売り文句だった。ロンドン帰りなど、この世界には掃いて捨てるほどいるが、確かに美枝はセンスがいい。最新流行の、奇抜なメイクもうまいが、カメラマンの要求によっては素顔に近い肌合いも出せる。最近は、有名歌手の、レコードジャケットの撮影に、引っぱりだこということもよく耳に入ってくる。

沖縄には鉄道が無い。交通はすべて車だ。空港にはマイクロバスと、大型のバンが用意されていた。

早瀬のアシスタントが二人、ジュラルミンの大型ケースに入れられた機材を詰め込む。

それだけでバンの半分が埋まる量だ。

「なに、愚図々々してんだ。早くしないと、ロケハンができねえだろ」

早瀬はひどく機嫌が悪い。いきなりジュラルミンケースの角を、靴で蹴とばした。アシスタントの若者たちは、こんなことには慣れているようで、目を伏せたまま黙々と作業を続ける。

二人のうち一人は、実香子の見知らぬ顔だった。カメラマンのアシスタントというのは、丁稚《でっち》奉公のようなもので、七万、八万という信じられない給与でこきつかわれている。それでも早瀬の名前につられて、弟子入りしてくる若者は跡をたたず、しょっちゅう顔触れが変わるのだ。

「おい、ヒロシ、数はちゃんとチェックしたか」

新入りの青年はヒロシというらしい。そういえば渡された予定表の中に、なんとか浩という名前があるのを実香子は思い出した。羽田で集合した時も、早瀬はアシスタントたちを紹介しなかったので、そうやって確かめていくしかない。

実香子は、彼らの横顔を見つめる。もちろん早瀬と自分との仲を知っているとは思うが、へんに意識されたくなかった。傲慢《ごうまん》にふるまうつもりはないが、彼らにつけこまれまいと決心している。アシスタントばかりではない。美枝にしても、アートディレクターの大楠にしても、すべてを承知している連中だ。彼らがロケ中、どう出てくるかというのは、実香子の気にかかるところであった。

「早く乗ってください」

運転手が窓から声をかける。

こんなことばかり考えて少し神経質になりすぎていると思いながら、実香子はサングラスをぐっとひき上げた。

車内はよく冷房がきいているのだが、窓から射し込む陽ざしは、じりじりと痛い。ノースリーブのTシャツの腕が、さっきから汗で濡れていた。

車は市内を抜け、国道に入っていく。このあたりは英語の看板が多いところだ。

「わー、まるでサイパンみたい」

みどりが窓にしがみつくようにする。

「へぇー、みどりちゃんはサイパンに行ったことがあるの」

他の者はすでにぐったりしている。みどりの隣りに座った美枝だけが言葉を受けとめていた。

「そう。サイパンだけじゃないわ。グアムだって、ハワイだって行ったわ」

みどりは得意そうに振り返った。

「へぇー、この頃の女子大生っていうのはリッチね。それで沖縄は初めてなのね」

「そうなの。だって沖縄だと、ショッピングを楽しめないでしょう。免税店はないし。それにね、ツアーのお金だって安くないの。今なんか円高で、グアムへ行った方が安いんだから」

「そうでしょうね」

いつのまにか実香子はうとうとしていた。いくつかの海が、まどろみの中に出てきた。グアムの海もあった。ハワイの海もあった。どれも実香子がロケで行った海だ。一時期、広告業界がはるかに景気のよかった頃、人々はたったワンシーン、海の背景を使うために大ロケ隊を組み、よく海外へ出かけたものだ。早瀬と知り合ったのも、オーストラリアの海だった。

まだ若いけれど、仕事が正確で、カンがいい。

早瀬はそんなことを言って、次の仕事も指名してくれた。それは東京のスタジオで行なわれ、帰りに食事を誘われた。その後は、早瀬が事務所として使っているマンションだった。元麻布の広い部屋で、遅くなった時に泊まるための、早瀬のプライベートルームには、バーカウンターと、なぜか大きな鏡があった。

それが早瀬センセイのいつもの手なのよ。

何人かの友人が、後に口を揃えて言ったが、実香子は意にとめなかった。あの時、確かに自分たちは恋におちたと信じていたからだった……。

目を開けた。サトウキビ畑が続いている。風がないために、葉はピクリとも動かない。その間に墓地が見える。沖縄特有の、小さな家ほどもある墓だ。最近葬式があったのだろうか、原色の布がいくつかかかっている。陽ざしは相かわらず強く、墓石は白く灼《や》けている。それと赤い布との組み合わせは、都会から来た者に、かすかな恐怖心を呼び起こす。

そのことを、素直に表現するのは、やはりみどりだった。

「わー、なんかブキミーっ」

無遠慮な声をたてた。

「なんかさ、沖縄って日本じゃないみたい。人の顔も違うしさ、なんか東南アジアっていう感じよねえ」

運転手の肩が、びくっと動いたようだ。実香子には読めない漢字の、名札プレートをつけた初老の男だった。若さといってしまえばそれまでだろうが、みどりの無神経さに実香子は少し腹を立てた。

が、こんなことでいちいち怒ってもいられないと、再び目を閉じる。

モデルやタレントと呼ばれる女の子の中で、性格のよい娘にあたるというのは、かなり確率の低い幸運であった。彼女たちの我儘《わがまま》に、辟易《へきえき》させられながらも、機嫌をとり、似合う服を着させ、なんとか撮影を無事終らせるのが、スタイリストの仕事だということを、とうに実香子はわかっている。

みどりは、すれていない分だけ世間知らずのところがある。聡明でないことは確かだが、慣れていない部分を、素直さで補おうとする知恵はあるようだ。

実香子はそう判断をくだし、再び目を閉じる。

空港を出てから二時間たつが、南国の空気にまだ慣れていない。目の奥からだるさがひろがっていくようだ。疲れをとろうと固く瞼《まぶた》を閉じているうちに、ぐっすりと眠ってしまったらしい。誰かに軽く頬を叩かれた。

「おい、着いたぜ。起きろよ」

あっと小さく声を上げた。すぐ目の前に早瀬の顔があったからだ。一日に外国煙草を二箱吸う早瀬は、独特の口臭がある。それをはっきり感じるほどの近さだった。

「あらっ、本格的に眠っちゃった」

「すげえ顔してたぜ。よだれたらしてよお」

「嘘言わないでよ」

照れ隠しに実香子は、腕をあげる。そして、反射的にまわりを見渡した。美枝も大楠も、ボストンバッグを外におろしている最中だ。こちらを見ようともしない。不自然といえば、不自然といえる態度だが、実香子は気にとめぬことに決めた。これから二週間、早瀬と自分とのことに気をまわしていたら、先が思いやられる。仕事どころではないはずだ。

ホテルの両端から、流れ出しているように海が見える。空の色を二度塗りすると、海の色になる。そんな紺に近い海だ。初日の素晴らしい快晴を、吉兆《きっちょう》だと人々は祝福し合った。

「台風がうまくそれてくれました。おとといまでは強い雨だったんですけど」

黒服の支配人が空を見上げた。このホテルはK航空が経営している。ロケに際しては、全面的な協力が得られることになっているのだ。なんなりとお申しつけくださいと、彼は言葉を続ける。

デザイナーの結城が、フロントで全員のチェック・インを始めた。アートディレクターがいる場合、デザイナーは進行係になることが多い。会計から弁当の手配まで、一手に引き受けるのだ。Tシャツの袖を肩までまくり上げ、流行のサングラスをした結城はまだ若いが、顎《あご》まである鬚《ひげ》でやや老けて見える。やがて彼は、ひとりひとりの名を呼び上げる。

「大楠さん、七一三号室、大内さんは隣りの七一四号室……」

ロビーを通りすぎようとした、新婚らしいカップルが、何ごとかと足を止めた。

「女性はみんな八階です。みどりちゃん、八二三号室、美枝さぁん、八二四号室……」

モデルをはさむようにして、スタイリストとヘアメイクの部屋だ。結城が、全く配慮をしていないことに、実香子はほっとする。まさか、早瀬と同室にするなどということはあるはずもないが、いかにもさりげなく便宜を図ってくれるというのは、この業界の人間ならやりかねないことだった。早瀬は全く無表情にキーを受け取った。実香子に、意味ありげな表情を向けるわけでもない。そのまま、アシスタント二人を従えて、エレベーターに進んだ。

「昼食は今から三十分後、ここのコーヒーハウスに集合です」

結城がその背に声をかける。

もう一台のエレベーターが下りてくるのを待って、実香子は急いで乗り込む。ホテルに到着して、いちばん忙しいのは、カメラのアシスタントと、スタイリストであろう。他の連中がまだゆったり構えているのに比べ、荷物の点検をしなければならないからだ。部屋にはもうポーターの手で、衣裳を入れたボストンバッグが運ばれていた。水着十五着、ウェア類七着を、丁寧にハンガーにかけるのは、なかなか時間がかかる。木綿のビーチウェアは、少し皺《しわ》が寄っていて、すぐにもアイロンをかける必要があった。みどりの話では、このところダイエットに精出して、二キロ痩せたという。水着は彼女のからだに合わせた注文品だが、早いうちにフィッティングした方がいい。食事の後に、ここに来てもらおうと思案していると、ドアがノックされた。当のみどりの声だ。

「わたしーッ。食事に行きましょ」

美枝もみどりと一緒に立っている。シャワーを浴びたらしく、濡れた髪をポニーテールにしたみどりは、うきうきとすっかり遠足気分だ。

「すっごく広いお部屋ね。海もよく見えるわ。歓迎のフルーツも届いてて、私、びっくりしちゃった」

確かにこのロケは条件がいい。あまり予算がない仕事だと、二人で一緒の部屋になることが多いが、ここではツインを一人で使わせてくれている。K航空直営のホテルだからこそ、できることだろう。宿泊費も、食事代も、相当割引きされるに違いなかった。

「えーと、何にしようかなあ」

レストランで、真先にメニューを取り上げたのはみどりだ。シーフードカレーに人気が集まり、大半の人間がそれを注文しても、まだぐずぐずと文字を追っている。たぶん、カロリーを気にしているのだろうと、実香子が微笑ましく眺めたとたん、彼女の口から、次々と献立が飛び出した。

「えーとね、この小海老のサラダね。それからビーフ・ストロガノフ。きのこのオムレツ、沖縄風特製スープもお願い」

「みどりちゃん、すごい食欲だねぇ……」

コピーライターの大内が、大げさに驚いたふりをし、眼鏡の縁をずり上げる。

「そお、だって今日からお仕事なんだもん。いっぱい食べて、体力をつけなきゃ」

「そりゃそうだ」

皆は暖かい笑い声をたてた。しかし、それは長く続かなかった。みどりはコップの中の氷を指でかきまわしながら、こんな言葉をもらすのだ。

「それに私、いっぱいお皿が並んでなきゃイヤなの。カレーとサラダなんて、貧乏ったらしくて悲しくなっちゃう」

その宣言どおり、みどりは運ばれてきた皿に、ほとんど手をつけない。申しわけ程度に端をつつくだけだ。

「おい、ありゃいるな」

実香子の正面に座っていた早瀬が、顎をしゃくってみせた。

「いるって、何が」

隣りの大楠が、声を落として尋ねる。

「男に決まってるじゃないか。それも、かなり年が離れた金持ちの男だな。料理の注文の仕方でわかるよ。高いもんをいっぱいとって、ちょびっと手をつけるだけ。そんなの許してくれるの、若い男じゃない。ありゃ、じいさんだなあー」

「使い込んでるかねえ」

「使い込んでる、使い込んでる。だけど若いから、まだからだの線は崩れていない。だけど、あと五、六年ってとこかな」

「さすが、ハヤさん。鋭いな」

二人の四十男は低く笑って、コーヒーをすすった。男たちがモデルのからだについて論議するのは、日常茶飯事のことで咎《とが》められることは何もない。ただ実香子がかすかな嫌悪を感じたのは、早瀬がみどりの注文の仕方に、蘊蓄《うんちく》をかたむけたからだ。

あの噂は本当だった。確信を持った。今年の春に、早瀬が十八歳のタレントをハワイに連れていったというのは、業界にちょっとした話題を提供してくれたものだ。その時、実香子はそれほど苦しまなかったと思う。離れていると、こうした風聞は、いまひとつ自分の身に響かないところがあるのだ。

男の言いわけさえ忘れてしまった。確か、こんなことを言ったのではないだろうか。「冗談じゃないよ。五人ぐらいでゴルフをしに行ったんだよ。誰かが若い女を連れてきてたけど、いちいち憶えてやしねぇよ」

それが間近に早瀬を見、早瀬の声を聞いていると、ささいなことが胸を騒がすのだ。まるでつきあったばかりの、若いねんねの、男と女のようではないか。実香子は少しばかり自分を恥じて、デザートのパイナップルに目をおとした。黄色い鮮やかな繊維は、よく熟していて、蜜がしたたり落ちている。「使い込んだ」という言葉が、ふと頭をかすめた。

若い肌は、光の吸収が早い。沖縄に来て四日目、みどりの腕も足も褐色に輝き始めた。それをひきたたせるために、水着は白に替える。ハイレッグは、もはや限界の角度になっていて、その代わり、背中の開きは驚くほどの大胆さだ。

「みどりちゃん、じゃここで背のびしてみよう」

早瀬の声がとぶ。みどりはにっこり笑って、両手を頭の上に持ち上げる。

「ダメ、ダメ。それじゃ器械体操。からだがさあ、上にすうっといくように、こう」

手本を示そうとする早瀬がおかしかったらしく、みどりはくすっとまた笑う。

「顔はそのまんまでいいからさ、腕をね、すっと自然に持ち上げる……」

早瀬がいらいらしているのが、実香子にはよくわかった。新鮮さが売り物、ということは、プロとしての経験を積んでいないということだ。みどりのからだの動きは、まだリズムをつかめていない。誰に教わったのか、つくり笑いをする。その場では愛らしく見えても、大きなポスターになった場合、ぎこちなく人に感じさせる笑いだ。おそらく、最初の一週間に撮ったフィルムは、すべて無駄になるに違いなく、そうとわかっていても、シャッターを押し続けなくてはならないところに、カメラマンのつらさがあった。

そのいらだちをぶつけるのは、やはりアシスタント以外にはいないらしく、早瀬は朝から怒鳴りっぱなしだ。

「おい三百ミリ」

彼が命をくだすと、それまでレフ板を持っていたアシスタントは、砂の上に置くやただちに走る。まるで高校野球のよく訓練された素早さだ。

しかし、それでも早瀬は納得しない。

「遅い！　このグズヤロー」

レンズを受け取るやいなや、片足で相手の臑を蹴とばす。同じアシスタントでも、潤よりも浩の方が後輩らしく、怒声を浴びせられることがはるかに多い。この三年ほどは、早瀬と仕事をしていないが、以前はこれほどではなかったと実香子は思う。短気なのは昔からだったが、ここまであらわに、人にあたることはなかった。

「みどりちゃん、今度は片足でね、水を蹴って、水しぶきを上げる」

みどりはまた例の笑顔をつくりながら、水中に足を入れた。すくい上げるようにするのだが、その動作がにぶいので、野放図に水が舞い上がるだけだ。

「ダメ、ダメ。そんなんじゃない。もっと可愛い水しぶきだ」

「可愛い、水しぶきってぇー？」

みどりはあきらかに困惑していた。こういう感性は、彼女にとっていちばん苦手なものらしい。

「ヒロシ、みどりちゃんの横に行って、手本を見せてやれ」

「はい」

長身の青年は、水の中でも駆けていく。上はTシャツだが、下は海水パンツを穿いていた。

「こうやってねえ……」

なにかスポーツをやっていたのだろうか。ふくらはぎに、まるで魚の腹につく卵のような筋肉がついていた。それを軽やかに動かし、水をすくってみせる。みどりの時よりも、はるかに細かいしぶきがとんだ。が、やはり早瀬には気にいらない。

「おい、ちょっとこっち来い」

「はい」

浩はもつれながらも水の中を走って、砂浜に戻ってきた。

「何年アシスタントやってんだよおー」

早瀬の右手が上がって、浩の頭をいきなりこづいた。

「水しぶきぐらい、ちゃんとつくれねぇのかよ。こっちは一瞬を狙ってんだ。水しぶきのつくり方ぐらい、勉強しとけってんだ。このバカ」

今度は額を指でぐいと押した。

「すいません！」

こんなことには慣れているらしい。浩は口惜しそうにするわけでもなく、黙って頭を垂れる。早瀬のあまりの理不尽さに、気まずい空気があたりを支配した。

「入ります」

静寂を破るように、美枝が声をかける。「入ります」というのは、ファインダーの中に入ります、モデルの髪を直しますという合図だ。

「どうしよう。髪、洗いますか。ちょっとべとついてきたけど」

みどりの髪に、ブラシを入れながら聞く。いつもサラサラしておいてほしいという、早瀬からの注文で、撮影中、少なくとも二回、みどりの髪は洗われるのだ。そのために、真水をポリタンクで五つ、毎日ホテルから運んできていた。

「よし、じゃ休憩。その間に洗っといてくれや」

太陽が真上に来ると、モデルの顔にはきつすぎる影ができる。そのために、正午から三時までは休憩と決められていた。今は十一時四十分になろうとしているところだが、あえて「休憩」と叫んだところに、早瀬のいらだちがあらわれていた。

弁当を食べ終った後は、それぞれが自由にくつろぐ。たいした用事があるわけでもないコピーライターや、代理店の栗田などは、ビーチボールを投げ合ったりするか、沖の方まで出て泳いでいる。最初の二日は、一緒になって泳いでいた実香子だが、もうそんな元気はない。潤や浩がつくってくれた仮設テントで、軽く横になることにした。

そこにはすでに結城や大楠が寝ころんでいて、しりとりをしていた。

「ギャラ」

「ラインダンス」

「スケベ」

ロケの間は他愛ない遊びが流行る。夜も本を読む者など一人もいない。雑誌を眺めることさえ、億劫になってくるのだ。ホテルのロビーでテレビを見るか、輪投げをする。子ども連れの客のために用意された玩具だが、みんなが夢中になった。

腰をおろして、二人のやりとりを見ていると、早瀬の呼ぶ声が聞こえた。

「実香ちゃん、黒い水着を持って来てくれないかな」

小さな葉が繁る木陰に早瀬は座っていた。じれた子どもがするように、白い砂浜には、いくつかのくねった絵が描かれていた。

「明日までに間に合わせてくれればいいけど」

早瀬の声は大きい。短く刈り込んだ髪に、多少白いものはあったけれど、そのよくとおる声が、四十二歳という年齢を遠くへ押しやっていた。

「この水着、もうちょっとおもしろくしてくれないかな」

「おもしろくって？」

「考えついたんだけど、ハイビスカスの花を水着に飾って、模様みたいにする。そしてみどりを、ハイビスカスの花の下に立たせようと思うんだ。あの子、水と戯《たわむ》れるっていう動きが、まるっきりできないから、なんとかしなくっちゃ絵にならねぇよ」

「そうねぇ……。水着にいっぱい穴を開けて、それに花を挿すっていうの、可愛いと思うわ」

「悪いけど、さっそくやってくれよ」

そう言いながら、彼の指は不思議な動きをした。乾いた粉っぽい砂の上に、「十じ」と書いた。「ゆっくり」と字は続く。「ハナシをしたい」

照りつけられた空気の中で、二人の視線が交わった。早瀬の皮膚は茶色に焼けている。しかし、若いみどりのような日焼けではない。いくつかの皺を、さらに深くした太陽の跡だ。

この男も年をとったと思ったとたん、実香子は深く頷《うなず》いていた。

「いく」

と人さし指でなぞった時、砂があまりにも熱いことに驚いた。

このホテルは、海側の方にしか部屋をつくっていない。その廊下を歩きながら、実香子は、足音をしのばせている自分を滑稽《こっけい》だと思った。このロケに参加した時から、ひどく臆病になっている。若い頃はあれほどあった居直りが跡かたもない。それは自分の三十一歳という年齢のためかもしれないし、疎遠になりかけている早瀬との仲が原因かもしれない。いずれにしても、男の部屋にしのんで行く自分を、他のスタッフに見られたくはなかった。

ドアをできるだけ低くノックする。返事もなく、内側から静かに開いた。

「酔ってるのね」

早瀬の顔は、日焼けにアルコールが加わって、赤銅色《しゃくどういろ》になっている。テーブルの上には、空になった、ウイスキーのミニボトルが何本かころがっていた。

「ああ、酔ってますよ」

早瀬は、ソファにどすんと腰をおろす。

「モデルはサイテー、明日かあさってには台風が来そう。これが酔わずにいられるかい、ってんだ」

「だからって、あんまりアシスタントにあたるのはよくないわよ。あなたが怒鳴るたびに、みんなびくびくしてるわ」

声をできるだけ落とした。隣りの部屋に浩が寝ていることを知っているからだ。朝は六時に起床となっている。ひといちばい酷使されている彼は、とうに休んでいるに違いなかったが、それでも声を低くする。

「いいんだよおー」

早瀬はちっちっと歯をする。

「みんな怒鳴られて、ひっぱたかれて、一人前になっていくんだ。ロケっていうのは本当に勉強だよ。ま、あいつらはこれっぽっちも才能ねえから、一生あのまんまかもしれねぇけどよ」

そして突然、何かに促されたように立ち上がった。

「さ、明日も早いから、もう寝ようぜ」

ここに来てから五分とたっていない。性急さが動作ではなく、言葉によって表現されたことに、実香子は心なし腹をたてた。

「もうちょっと、ロマンティックな言い方できないの」

「今さらそんな仲でもないだろう。さあ、早く来いよ」

ベッドの上にあおむけになっている男の上に、実香子はまたがる。

「お前、あんまり焼けてないな」

Tシャツを脱がせながら早瀬は言った。

「腕やいろんなとこ、日焼け止めを必死で塗ってんのよ。もう年だから……」

それには答えず、早瀬は実香子の乳房を軽く下からすくい上げる。乳首は、男の手が触れるか触れないかで、ただちに水平に強く立った。それを男の口に入れるために、実香子は身をかがめる。男が腋の下の、やわらかい肉をつまんだ。ぐりぐりと押す。そうしながら、乳首を吸う。舌で撫でる。歯ではさむ。

るのだ。

この時いつも、実香子の乳首は小さなペニスになって、早瀬の口の中で、固く屹立《きつりつ》す
早瀬はやがて、スパッと音をたて、自分の口からなごり惜しげに乳首を離す。そして女の背にまわした手に力を入れ、まず実香子の顔を自分の胸の上に置く。そして髪をしばらく撫でた後、さらに力を込めて、実香子の顔を徐々に下にずらしていく。

早瀬の意図はわかっている。いつまでも実香子を上に乗せているのは、そのことを要求しているからだ。早瀬はジーンズを穿いている。若い時から、しゃれ者でとおってい た彼は、流行に関係なく細身のジーンズだ。そのジッパーに自分で手をかける。わざとぎこちなく、先っぽを探すふりをする。だから実香子は、いつもいっきにひき下げてやらなければならなかった。

青いブリーフの割れ目に手を入れると、それは顔をのぞかせた。早瀬と同じ色艶をしている。皺が多く赤黒い。舌の先で、アコーディオンの蛇腹《じゃばら》をつうとふりはらうようにする。そのために実香子は、顔を斜めに曲げた。先端は、ビロウドのやわらかさで、ここはいちばん温度が高い。頂点に深い切れ目がある。舌を丸め、その細くなった先を入れようとするのだが、うまくいったことがない。それなのに実香子は必ず試す。早瀬も実香子の別の場所で、しばしば同じことを試みている。無駄だとわかっていても、やら

なければならないことは、男と女にはいくらでもあるのだ。

ビロウドはいつまでもやわらかかった。実香子は口を大きく開き上顎の裏にそれをあてる。そこはたえずざらついている場所だ。根元を持ち、口の中ほどまで入れ、そのざらつきでしごいた。その後リズムをつけ、奥の方まで吸い込む。しかし、アコーディオンは、ぐったりしたままだ。

「手を動かして……上下に……それで、もっと強く吸って」

この時、早瀬は少年のような声を出す。それを聞くのが好きだったので、実香子はかなり長い時間、彼の言うとおりにしてやる。

「疲れてるのかなあ」

ややあって男は言った。

「そうね、疲れているのよ」

早瀬は意を決したように、ぐるりと実香子を裏返した。そこで短い接吻をする。

「構わないだろ？」

実香子は頷く。早瀬は立ち上がり、チェストに近づく。持ってきたのは、浴衣の二本の紐だった。

三年ぐらい前になるだろうか。なかなか勃起しなくなった時、彼はさまざまな小道具を使うようになった。電気で動かすものもあったし、鉛筆もあった。中でもいちばん気に入ったものは、どうやら紐だったらしく、それで実香子の手や足を縛ったり、軽くぶったりする。

業界の中には、本格的な趣味を持つ者はひとりやふたりではないが、そこまでのめり込むことはなく、せいぜいありあわせの紐を使う程度だ。この縛り方にしても、浴衣の紐では、実香子がその気になれば、すぐにふりほどくことができる。それでも実香子は、自由を奪われているふりをする。

頭の上で両手を縛られ、足を大きく拡げられた時、暖かいものが、出た。それは、濡れるのでも、流れるのでもない。「出た」という表現がいちばんぴったりなのだ。あるスピードを持って、それは確かに体内から「出る」。

ああ、なんて気持ちがいいのだろうかと実香子は思う。

片足は浴衣の紐で、もう片方は、早瀬がいらだって探しあてた電気コードで、ベッドの足につながれている。ぐいと足を動かすと、いつでもはずすことができるのはわかっているが、絶対にそんなことはしない。細い布の紐を、鉄の鎖だと思う。そう考えるたびに、実香子のへその下から、音をたてて、透明の液が「出ていく」。

さらに幸福なことに、実香子のこの状態は、必ず早瀬の知るところとなるのだ。ショートパンツと下着が剝《は》がされ、早瀬はわざと芝居がかった驚きの声をあげる。

「ややっ！　信じられない。こいつめ」

もうこんなにと、指先ですくい上げたものを、実香子の鼻先につき出す。

「お前は本当に淫乱な女だ。これを見ろ。恥ずかしくないのか」

「ごめんなさい」

実香子はせつなく鼻を鳴らす。その合い間にも、どくどくと「出る」。

「いや、お前は反省しない。一度証拠をとっておこうと思っていたんだ。そうだ、そうしよう」

やがて早瀬が視界から消えた。現れた時は、手に光るものが見えた。ポラロイドカメラだ。

「さあ、これで証拠を残すんだ」

「イヤよ、やめてよ」

突然の激しい羞恥《しゅうち》は、もどかしい恐怖となった。

「私、そういうの、好きじゃないわ。ホントにやめてよ！」

「まあ、まあ、まあ……」

背を丸めて近づいてくる早瀬の様子は、老人のそれだ。酔いが相当まわっているらしく、足どりもおぼつかない。日に焼けた肌は、ますます奇妙な色に変色していた。

「ちょっと遊びでやるだけだよ。ポラ撮って二人で見るだけ。それならいいだろ」

「二人で見るだけ」という言葉で、実香子の胸の動悸《どうき》が静まる。その代わり新しい羞恥が襲う。かすかな、弱々しい羞恥。それはまるで、片足を縛っている浴衣の紐のようなものだと思う。それがもし、いったん切れてしまったら、自分はひたすらみだらさに没頭するはずだ。細くともなにかで自分の心を繋《つな》ぎとめておかなければ、今すぐにでも自分は、さらに大きく足を開き、その部分を波立たせ「撮って、撮って」とわめき出すに違いない。

その時、実香子の羞恥を支えていたのは、意外なことに嫉妬だった。

いくら酔っているとはいえ、カメラを構えた早瀬はしゃんとした姿勢になり、肘をぴったり脇腹につける。いかにも慣れた動作だった。

「いつ、こんなことを憶えたのだろうか」

ヌードを撮ることは多い早瀬だが、それはあくまでも仕事であって、ふざけた遊びに使うことはなかったはずだ。

「おそらく――」

実香子は確信を持つ。

「このあいだまでつきあっていた、例のハワイへ一緒に行ったタレントに、おそわったんだわ」

レンズを向けられることの、恍惚《こうこつ》感を知っている女ならば、こうしたことを思いつくのは、そう不思議ではない。

フラッシュが目の裏で鳴った。ポラロイドの音は低く、獣のうなり声のように長く続く。やがてそろそろと、淡い緑色のフィルムが出てきた。

「どれ、どれ、うまく写っているかな」

早瀬はやがてそれを、実香子の目の前につきつけた。

「ごらん、実香子のだよ」

顔をそむけようとしたが、それはたやすく目に入ってしまった。光が足りないから、大きな影になっている。そして縦に続く闇の中に、大きく赤い深海魚がうごめいているのが、徐々に浮き出てきた。

「イヤよ」

「いいじゃないか。見終ったら、ちゃんと燃やすよ。本当だぜ」

「約束してね」

「ああ……ほら見てごらん」

早瀬は、灰皿の上で、ライターの火をつける。ポラロイド写真の、上の白い空白に火を近づけたのだが、うまく燃え上がらない。今度は写真を真横にする。たちまち小さな炎があがった。

「写したらさ、こうして燃やしちゃえばいいさ、だから」

早瀬のやや湿った手が、太ももの内側にかかる。さらに冷たいものが触れた。

ジーッ。

カメラの音に合わせて、深海魚が口唇を大きくひくつかせた。

みどりの肌はさらに褐色になった。後ろから見ると、まるで中南米の女のようだ。波がやや荒れてきて、海は紺青に盛り上がっているが、台風はまだ来ない。太平洋の沖でぐずぐずしていて、まだ方向を定めていないのだ。

「みどりちゃん、寝そべったまま、こう顔を横にして、髪に少し砂をつけてくれない」

「入りまーす」

美枝が、そうひと声発して近づく。前髪を手でかきわけてかたちをつけてやる。

「それでね、遠くを見る目つきになって……。おい、光、もっと右!」

レフ板を持つ浩に怒鳴る。雲が多くなってきたために、光の加減がむずかしい。浩は銀色の板を、さまざまな角度に変えるのだが、早瀬は違う、違うと言い続ける。

「馬鹿やろー！　もうお前なんかやめちまえ」

手にしていたカメラを、隣りに立っていた潤に渡すと、早瀬は歩き始めた。みどりにではなく、浩に近づく。まわりにいた男たちも、不意なことで止める暇がなかった。彼はいきなり浩の左頰を殴ったのだ。

「あ」いっせいに声があがった。早瀬はまた何ごともなかったように、悠々と歩いて元の位置に戻る。浩も頰を押さえることもなく、のろのろと再び大きな四角い板を掲げた。

「早瀬さん、だいぶご機嫌ななめだね」

実香子の隣りに立っていた大内が、そっとささやいた。

「台風が来る前に、撮りだめしときたいのよ。それで焦っているんでしょ」

まさかあのことが原因とは思いたくない。ポラロイドで撮られた夜も、その二日後も、早瀬は不能だった。今までにもそんなことは何度かあったが、明け方になると必ず回復し、名誉を挽回したものだ。それなのに、このあいだの夜は、本人が黙りこくるほど、ぴくりとも動かなかった。

アートディレクターの大楠が、早瀬となにやら話し合っている。どうも雲が多くなりすぎたので、今日はひき揚げようということになったようだ。

ホテルへ向かうバスの中、誰もが黙ったままシートにもたれかかっている。ロケも十日をすぎようとしていて、疲れは澱《おり》のようにたまっていた。その中でただひとり元気なのは、みどりなのである。

「ラッキー！　今日は早く終って嬉しい。ねぇ、私、那覇の方まで車とばして行きたいな。あっちって、ディスコやいいレストランもあるんでしょ。私、もうホテルの食事あきちゃった。ねぇ、誰か一緒に行かない？」

返事がなかった。みなはこの少女をちやほやすることに疲れ果てていた。それをはっきりと示したのが早瀬で、仕事以外は全く口をきこうとはしない。いわばモデルのお守り役として来ている代理店の栗田さえも、かなり辟易しているようだ。

「僕が担当した代々のキャンペーンガールの中でも、ワースト3に入るんじゃないかな」

そんなことを陰で言い出す始末だ。彼女が毎晩、東京の恋人へかける電話代は、いったい幾らになるのだろうか。自分で払うつもりは全くないらしい。そんな悪口をささやきあうことが、いつしか大人たちのリクレーションにさえなっていた。

「ねぇ、美枝さん、たまには遊びにいきたいと思わない？」

みどりは、いちばんの味方とおぼしき人物に声をかけた。どんな撮影でも、ヘアメイクとモデルは特別の心情でたちまち結ばれる。みどりは、自分のからだに触れ、いつも一緒にいてくれる美枝にしなだれかかろうとしているのだが、利口な美枝はそこのところをうまく計算している。みどりと共に孤立し、人々の嫌悪の対象になるのを避けようとしていた。だからこんなふうにたしなめる。

「ダメよ。ここから那覇までどのくらいかかると思ってんの。うまくいっても往復五時間よ。最後の日は、みんなでパアッと打ち上げやるから、それまでは我慢、我慢。ディスコよりゆっくりからだを休めることが肝心よ」

「つまんないの」

ふくれてもたれかかるみどりの後ろに、雲が走っていた。運転手がラジオをつける。台風が急に速度を早めた。もしかすると今夜あたり上陸かとアナウンサーが告げる。軽いどよめきがバスの中に起こった。

ホテルの庭のヤシが、大きく弓なりになっているのを実香子は見ている。昔からそうだった。台風が来ると、胸の昂《たか》まりをどうすることもできない。愛知の田舎の、ほとんど台風の被害がないところで育ったせいだろうか、大きく風が吹いたりするのはお祭りだった。学校が早く退《ひ》ける。まだ宵のうちから雨戸を閉め、うちじゅう茶の間に集まった。握りめしを食べたりするのも子ども心に珍しくて、いつもこんなだといいと、密かに思ったものだ。

早瀬はどうしているのだろうかと、実香子は不意にやさしい気持ちになる。少女時代の思い出を分かち合える相手といえば、このホテルの中では、やはり彼しかいなかった。

用心のため、テレビのボリュームを少しあげる。隣りの部屋のみどりに、会話を聞かれたくなかった。ルームナンバーをまわすと、早瀬はすぐに出た。案の定、かなり酔っぱらっている。

「なんだよ」

「ちょっとね……。ねぇ、台風がこわいと思わない？」

「こわかねぇよ。こわいのは、今度の写真の出来がどうかっていうことだけ。明日も雨だなんて言ってるけど、いったいどうなんだよ、ホントに馬鹿にしやがって。こんちくしょー」

「どうしたの。そんなに荒れて」

「荒れてねぇよ。ただ部屋のミニボトル、みんな飲んじまって、ちょっと足りねぇんだ。うちの奴らの部屋から、ぶんどってきても、まだ足りねぇ」

「やあねぇ、ほどほどにしといた方がいいわよ。この頃、お酒の量が多くなったって巷の噂だったけど、やっぱり本当だったのね」

「なんだよぉ……。実香子、こっちに来てぇのか。こっちに来てもいいけどよ、悪いけど、オレ、インポだからな、お前さんを楽しませられねぇぞ」

「やめてよ。そんな言い方」

笑おうと思うのだがうまくいかない。一回だったら軽いジョークですんだかもしれないが、それは二回たて続けに起こった。早瀬にいったい何があったのか知らないが、どこか今までと違うところがある。

「私、もう切るわ。こんな夜は、電話でいろんなことを喋ったら、楽しいんじゃないかと思ったんだけどやめた」

「そうだ、そうだ。この世の中、なーんにも楽しいことなんかあるはずはない……とくらぁ」

電話は向こうから切られた。

あかりを消してベッドに入ったのだが、風はますます強くなっているようだ。耳をすますと、巨大な男の寝息のような音が、窓の方から聞こえてくる。

早瀬はやはり、自分と別れたいのだろうか。

羽田を出発する前から持っていた疑問は、闇の中でますます大きくなっていく。それならば、どうして自分を抱いたりしたのだろうか。扱いがかなり粗雑になっていたことは認めるが、自分への執着という最低限のものは、行為中ほの見えていたと信じたい。

寝がえりをうとうとした時、実香子はかすかな物音を聞いた。もしかすると、早瀬が気まぐれを起こしてやってきたのかもしれない。実香子は急いでドアの前へ走った。音をさせないよう、しかもすばやく開ける。廊下の角に、あわてて去ろうとしている男の後ろ姿が見えた。

長身のほっそりした腰つきは、早瀬のものではない。後ろにワッペンをつけたブルージーンズにも見憶えがある。アシスタントの浩だった。彼がどうしてここに来たのだろうか。足元を見た。やはり封筒が置かれている。誰かに頼まれてメッセージをもってきたらしい。

ホテルの名入りの封筒を、指で乱暴に破って開けた。激しい吐き気がとっさにこみ上げてきた。実香子は立っていることができず、床に片足をついた。中にポラロイド写真が四枚入っている。それは確かに早瀬があの夜撮ったものだ。いちばん上にあるのは、実香子の胸を狙ったものではないか。顔をそむけているが、顎と額ではっきり実香子とわかる。だいいち、たった今まで横になっていたベッドと同じものなのだ。南国風につくられた白い籐《とう》のベッドを間違えるはずはない。

息を大きく吐いた。二人きりの寝室の中では、なんでも許されると実香子は思っている。両足を縛られることも、股の間にポラロイドカメラを押しつけられることも、恋人たちの快楽の手段とあらば当然のことだろう。しかし、こうして第三者の手に記録が渡り、廊下からもれる蛍光灯の下で見ると、それらはなんとおぞましさに満ちていることだろうか。重なっている三枚の中には、赤い深海魚のアップもあるはずで、それを見る勇気はなかった。

浩はこれを使って、脅迫しているのだろうか。

実香子がまず考えたのはそのことだった。人間扱いをされないといわれるカメラアシスタントだが、それでも早瀬の扱いはひどすぎた。それを恨んで、これを自分のところへ持ってきたのだろうか。それなら早瀬に届けるはずだ。早瀬……早瀬？　そのとたん、もっと重要なことに実香子は気づいた。

あの時彼は、ポラロイドはすべて焼き捨てたと言った。灰皿の上で焼くのも見ていた。それならば、どうしてここに、あの時の写真があるのだろうか。実香子は少し混乱してきた。とりあえずドアを閉め、手さぐりでスイッチを探した。あかりを点《つ》ける。封筒の中には便箋《びんせん》が入っていた。乱暴にたたまれたそれを開く。四角い右上がりの文字が続いていた。

「探し物をしていたら、早瀬さんのダイアリーの中にこれがはさまっていました。捨てようかと思ったのですが、僕がそれをするのもへんです。だからお返しした方がいいと思いました」

安堵なのか、怒りなのか、自分でもわからないため息が出た。早瀬は自分を騙《だま》して、何枚かをうまく失敬しておいたらしい。そして無用心にそこいらに紛れこませてしまった。浩が見つけたということは、知っているのは彼だけということになる。もし別の人間に見られたら、大変なことになるところだった。

実香子は、以前見たビデオを不意に思い出した。それはある大御所のイラストレーターが、自分の性生活を家庭用のビデオで撮ったものだ。おそらく刺激を求めるためにつくられたものだろうが、若い女とからんでいるそのテープが、どういうわけか業界に出廻ったのだ。さんざんダビングされ、画質がひどく荒れているそれを、実香子は友人の家で見た。そのイラストレーターの尻の動きが滑稽だなどと言って、皆でさんざん笑ったものだが、もしかすると自分も同じめにあうところだったかもしれない。実香子はともかく、早瀬はこの世界の有名人なのだ。

椅子に腰かけ、マッチを取り出した。火をつける。二枚目の、自分の性器がアップで写っている写真は、裏返して燃やした。三枚目を手にとる。

「あら」

その写真は、他の二枚とは違う。本能的にわかった。一枚目のものと同じように、女の乳房が写っているが、さらに拡大されていて、顔は見えない。やや小ぶりの乳房は、少しばかり横に流れ、胸の真中は広々として見える。それは実香子のものではなかった。

他の女も、早瀬はポラロイドでいたぶっていたらしい。いつ撮られたものだろうか。目を凝らしていた実香子は、ああと絶望の声をあげた。

写真の右上に、白い籐がちらっと見える。まさしく、このホテルのベッドだった。腕のつけ根や肌の色で、みどりではないことは明白だ。ということは、残る女はひとりしかいない。この女の肉のつき方は、若い女のものではなく、実香子と同年代の女のそれだ。


朝から横なぐりの雨が降っている。

太陽のない沖縄は、さまざまのものが、魔法のようにかき消された。ヤシの木々も、プールも、白いリゾートホテルも、不釣合な、唐突なものとして、灰色の風景の中にある。

撮影が中止され、誰もが寝坊を楽しんでいるらしい。いつもだったら、朝食に行こうと誘う、みどりか美枝のノックがない。全員のルームナンバーは、あらかじめコピーして渡されていた。いちばん最後に浩の番号がのっている。それは隣室の早瀬とひとつ違いだ。きつくプッシュボタンを押した。

「はい……」

電話の声は、直《じか》に聞くよりさらに幼く聞こえる。実香子は、ロケに来てからこの青年とほとんど言葉をかわしていないことに気づいた。

「ちょっと話があるんだけど、部屋まで来てくれる？」

「わかりました。ちょっと待ってくれますか」

この後、ややぶっきら棒に言った。

「ちょうどシャワーを浴びてるとこだったんです」

「そう……そんなに急がなくてもいいわ」

しかし十分後にはブザーが鳴った。若い男の髪は濡れているどころか雫《しずく》さえ垂れている。

「タオルで拭きなさいよ」

実香子はバスルームへ行って、白いフェイスタオルを投げてやった。浩はぎこちなくそれを受け取り、「どうも」とつぶやいた。タオルを髪にあてがう。タオルだけではなく、自分の首を激しく左右に振った。まるで水浴びをしたばかりの獣のように、最後にぶるんと首を大きくふるわせた。

「あの、怒ってるんですか」

「どうして」

「あんなことしたから」

「あんなことって？」

実香子は相手の目を見つめながら、二歩大きく踏み出した。若者の唇からは、みずみずしいにおいがする。この五年間、アルコールと煙草の口臭を、当然のことのように思っていた。早瀬だけを守ってきたというと嘘になるが、その苦いにおいを、自分のもののように感じていた。後悔はしていないが、とても不思議なことのような気がする。

「あてつけですか」

唇を離した時、浩は尋ねた。一途《いちず》さと困惑と、小さな怒りが入り混じった目だ。

「そんなことはないわ。私がしたいからよ」

浩の黄色いポロシャツを、上までずり上げる。ひき締った胸の乳首のあたりに、太いうぶ毛が何本か生えていた。

嵐の音はますます強くなった。だいじょうぶ、うまくできると実香子は思う。少女になっても、台風の日は早く帰りたくなかった。学校の最後の授業がとりやめになったのを幸い、わざと遠まわりをし、川を見に行ったりもした。あれは小学校五年生の時だったろうか。傘が壊れ、同級生の男の子と、変電所の小屋に入った。そこでパンツの中に指を入れられた。初潮を見たのは、それから一年後、やはり九月の台風の日だった……。

「あのポラロイド写真、元に戻さないで、こっそり私に返そうとしたのは、私が好きだったからでしょ。潤ちゃんなんかに見られたら大変だと思ったから、私のところへ持ってきてくれたんでしょ」

浩は泣き出す直前の人間がするように、きつく目を細め、そして頷いた。多分、彼は何もかも知っていたのではないか。美枝の写真が一枚紛れ込んでいたと実香子は思っていた。しかし、浩の部屋は早瀬の隣りなのだ。美枝の声も何度か聞こえていたに違いない。この若者は、自分にそれを教えようとして、わざとあの写真も入れたのだ。実香子の胸にあらたな感情がわく。浩が自分にもし同情してくれているとしたら、これほどの屈辱はなかった。二分前までは確かに、早瀬に対するあてつけだった。しかし今は違う。なんとかして、目の前の男に対して優位に立たなければならない。自分にできることは、セックスでねじ伏せることだ。浩の射精する直前の、苦しげな表情を見たいと思った時、すでに実香子の下半身からゆらゆらと欲望がたちのぼっていた。

「あの写真、見たでしょ」

「見ていません」

「じゃ、どうして、私だってわかるの」

「それは……」

「写真じゃなくて、本物を見てもいいのよ」

浩はいきなり実香子にしゃぶりついた。激しく口を吸う。歯をたてるので、唇を守るために、すぼめるようにしなければならなかった。

そうしながら実香子は、後ずさり始める。押し倒された時に、ベッドの上にいなければならなかった。このままでは、床の上で組み伏せられてしまう。

前戯はなかった。下着だけが剝がされ、浩の指が高さを計るような動きをしたと思うと、いきなり侵入してきた。

暗い光の中で、実香子は自分の上に乗っている男を見る。せつなげに眉間《みけん》に皺を寄せる浩を、可憐だと思うけれど、愛情ではなかった。

ズボンをずり下げた浩は、膝をついて、上半身を起こす。そして実香子の太ももを軽々と持ったかと思うと、開かせて自分にぴったりとくっつけた。背の高い男なので、中心も当然上になる。ほぼ四十五度に、実香子は宙吊りにされた。

実香子のからだの奥に、喉とつながれている部分がある。そこを突かれた。ふだんは閉められている、なにかの入口の部分を激しく突かれた。ここまで届いたのは始めてだった。歯を食いしばると、足の間のそこから喉まで直線が走った。舌までがひくつく。

「いい?」

浩がいつのまにか勝者になっていて尋ねる。

「いい……」

「楽しい?」

「楽しい……」

その時、閃光のように走る言葉があった。

「この世の中、楽しいことなんか何もありゃしねぇよ……とくらぁ」

そんな風に言った男を、心からいとしいと思った。

「好きよ、愛してるわ」

その男に、ついぞ言わなかった言葉が不意に出る。

「僕もだよ」

腹の上から、別の男の声がする。ああ嬉しい、幸せだと実香子は目を閉じた。

ひとりの男を媒体として、いまも早瀬と自分は結ばれている。他の男に抱かれることで、さらに確認できる思いがある。はっきりとわかった。だから実香子は、激しく腰をふり始める。

この世の花

最近になってマチ子は、自分の母親のことを、かなりえらい女だと思うようになった。もう六十に手がとどく、どうということのない平凡な女だが、言っていることは確かに正しかった。

「子どもができるまでの辛抱さ。子どもが産まれてごらん、いじくりまわすのは楽しいし、とにかく手がかかる。あっという間に一日がすぎてしまうさ」

結婚した当初、淋しいと愚痴《ぐち》をこぼすマチ子に、母親のムネ子は、よくこう言ったものだ。

町はまだ急行が止まらず、家の数もずっと少なかった。マチ子の住む借家の裏は、広い桑畑になっていて、冬になると茶色だけの風景になってしまう。おまけに、この地方名物の強いカラッ風が、容赦《ようしゃ》なく窓の隙間から入り込んでくるのだ。

「私はだまされたようなもんよ」

そんな夜、マチ子は電話口でよく涙ぐんだ。

「こんな田舎に連れてこられるんだったら、結婚するんじゃなかった」

といっても、マチ子も都会の生まれではない。この町と、そう大差ない地方で育ったが、海があった分だけ、はるかに明るく暮らしやすかったと思う。休日には、東京からドライブに来る人たちも多く、しゃれた店もいくつかあった。

そこから東京の短大へ進み、しばらくＯＬをしていた時に、夫の佳明《よしあき》と知り合ったのだ。佳明は私大の四年生だった。浪人しているから、マチ子よりひとつ年上ということになる。通っている大学は、まあまあのところだったし、初めての男だったから、マチ子はすべてのことに目がくらんだ。

卒業したら、故郷に帰る。それでも随《つ》いてきてくれるかという佳明の言葉に、一も二もなく承諾《しょうだく》したのだった。

幸い、佳明の両親とはしばらく別居することになり、夫婦二人の気楽な生活が始まったのだが、それをいいことに佳明の帰りは遅かった。同じようにＵターン就職した、かつての同級生と飲み歩いてばかりいた。

あの頃、いったい自分たちは、どのくらい喧嘩《けんか》を繰り返していただろうと、マチ子は思い出す。もう限界と決意した時に、洋一を妊《みごも》った。

そしてその後は、ムネ子の言うとおりになった。初めての子どもは、母親から睡眠と同時に、退屈をも奪い去った。ミルクの温度に、いちいち目を吊り上げているうちに、すぐ一日が暮れた。意外だったのは、佳明が珍しがって、いろいろ手を貸してくれたことで、風呂に入れてくれと頼むと、陽の高いうちに帰ってくることさえあった。ボーナスで、ビデオカメラを買い、這《は》いずりまわる息子を撮るようになった。ムネ子の言うとおり、「子どもができるまでの辛抱」だったのだ。

洋一は標準よりずっと大きく育ち、言葉を覚えるのも早かった。手がかからない子どもで、祖父がつくってくれた砂場に入り、一日中でも遊んでいる。ほっとひと息ついたとたん、マチ子の心の中に、また風が吹いた。

「友だちがいないのよ」

マチ子はムネ子に訴える。

「誰の？」

「私のよ」

電話の向こうで、ムネ子はかすかに鼻を鳴らす笑い方をした。

「私はまた、洋一のことかと思った」

「洋クンはいるわよ。すぐ近所に、リエちゃんっていう同《おな》い齢《どし》の子がいるの、よく二人で、砂遊びしてる。だけど私は、誰もいないの。このまわりって、みんな三十代か、四十代の奥さんばっかり。話が合わないのよ」

「まあ、しばらくは、子どもを友だちだと思うことだね」

「それじゃ、日に日に退化していっちゃう。今までは子どもに手がかかりきりだったから、自分の時間が少しは欲しいわ。なんかさあ、こう気の晴れるようなことをしたいのよ」

ムネ子は、また〝辛抱〟という言葉を使った。

「洋一が幼稚園に入るまでの辛抱さ。そうすれば、あんたも洋一も、いっぱい友だちができるさ」

そしてこれも真実だった。

入園式の日、この町にこれほどたくさんの子どもがいたかと、マチ子は驚いたものだ。ちょうど前の年に、急行が止まるようになったこともあり、町は変わろうとしていた。上野まで五十八分という距離は、もはや通勤圏らしい。いかにも東京へ通う、サラリーマンの妻といったような、しゃれたスーツ姿の女が何人もいた。

和枝もそのひとりだ。洋一が通う幼稚園では、「むくどり会」という名の、父兄の親《しん》睦《ぼく》会がある。そこでピクニックに行ったりしているうちに、すっかり気があった。同い齢で、似たような環境に育っている。短大を出て、しばらく勤めていたところまでそっくりだ。違っていることといえば、和枝の夫は、茅場町の大きな医療器会社に勤めていることだろう。

「いいわねえ」

マチ子は素直にため息をついた。

「ちゃんと東京で働いているんですもん。うちの夫なんか、早々とこっちで就職してしまって……。遠距離通勤するぐらいの根性があれば、もうちょっとどうにかなってたんだろうけど」

「だめよ、そんなこと思うのは」

和枝は大きく手を振って、話をさえぎる。

「うちのパパなんか、帰ってくると、もうヘトヘトよ。うちに居る時なんか、本当にどたっとしてるの。まあ、私と子どもは空気のいいところで暮らせるわけだけど、ちょっと可哀相になるわね。だけど、そうでもしなきゃ、安サラリーマンが、今どき家なんか持てるわけないものねえ」

そんな言い方も、マチ子は気に入った。中には、東京に勤める夫を鼻にかけている女もいる。和枝のこの謙虚さは、大層好ましいものに思えた。和枝の長男の、和幸もおとなしい子どもで、洋一とすぐに仲よくなった。他の「むくどり会」のメンバーたちと、親子連れであちこち出かけるようになったのもこの頃だ。

まるで学生生活が戻ってきたみたいよと、マチ子はムネ子に報告したことがある。

「気の合うお母さんたち四人でね、ここんとこはしょっちゅうお喋り大会。誰かのうちでね、子どもたちは一箇所で遊ばせといて、私たちはお茶飲みながら、ぺちゃくちゃ。ま、人からなんだかんだ言われる井戸端会議だけど、これが楽しくて困ってしまうの」

「ま、ほどほどにすることだね、あまり親しくなりすぎると、いろんな加減がわからなくなって、後で苦労するよ」

その言葉の意味もすぐにわかった。ささいなことが原因となり、その四人のうちの一人とは、すっかり仲がこじれてしまったからだ。

それを告げるマチ子に、ムネ子はまるで予言を告げるように、こう言ったものだ。

「もうじき、あんたにも、生きてるのが楽しくて楽しくて仕方ないって日がやってくるよ」

それが今ではないかなと、マチ子は思うことがある。洋一は小学校三年生になった。

小さい時から元気な子だったが、病気ひとつさせなかったことは、マチ子の密かな誇りだ。

借家だった家は、夫が大家にかけあい、中をかなり改造した。いずれ両親の家に戻るのだから、そう金はかけなかったが、台所とそれに続くリビングがぐっと広く明るくなった。米や野菜は、姑《しゅうとめ》が届けてくれる。口に出してこそ言わないが、田舎の長男のところに来てくれたマチ子に、感謝もし、遠慮もしているおとなしい女だ。

佳明は車が好きでよく買い替えるが、その頭金も、舅《しゅうと》が出してくれている。

ムネ子の言うとおり、

「本当に、あんたたちは、恵まれてお気楽」

なのかもしれない。

この頃、マチ子には楽しみが増えた。子どもを寝かしつけてから、和枝と一緒に、町のスナックに出かけるのだ。

「猫まんま」は、駅前から少しはずれたところにあるせいか、ほとんどが常連客ばかりの店だ。ふざけた名前は、どうやらママの猫好きによるものらしく、クッションの柄から、スタンドのかたちまで、猫のデザインだ。

ママのミドリは、男のように短い髪をした女で、四十を出るか出ないかの年だろう。

市会議員で、建築屋をしている男が、パトロンについているという噂もあるが、そのわりには色気がない。ぐずぐずとからむ酔っぱらいには、ぴしゃりと啖呵《たんか》をきるような度胸もあった。ところが、マチ子たちには大層親切にしてくれる。

家庭の主婦が、そう飲むわけでもなく、ボトルを入れてもせいぜい一回が二千円、三千円という金しか使っていかないのに、どういうわけか大歓迎だ。頼みもしないのに、自分で漬けた胡瓜に、ようじを添えて出してくれたりもする。客が少なくなると、一緒にマイクを握ったりして、佳明に言わせると、

「お前たち、本当に女学校のノリだな」

ということになるらしい。だから、週に一度か二度、マチ子が「猫まんま」に行く分には、そううるさいことを言わなかった。

和枝から電話がかかってくる。

「今夜はパパが遅いらしいの。ね、チビたちに、早くごはんを食べさせていかない？」

和枝は、和幸の後二年遅れて、女の子を産んでいるが、妹のめんどうを和幸がよくみているという。

「今でも一緒に寝てるのよ。妹にパジャマ着せてやってね、いろいろおとぎ話をしてやるの。本当に手がかからなくなっていいわ」

店でそんな話をするのももどかしげに、和枝はすぐマイクを握る。「猫まんま」は、いま流行のレーザーディスク・カラオケではない。やや古くなった、ふつうのカラオケだ。それもマチ子たちは気に入っている。

「猫まんま」を見つける前、この町のいくつかのカラオケ・スナックを転々としたが、アダルト・レーザーディスクの店が実に多かった。女の裸がふんだんに出て来て、目のやり場に困る。それに、そういう店に来ている男性客は、「猫まんま」に比べて、ずっと荒っぽかった。女だけのグループに、露骨な好奇の目を向けたものだ。

〽恋人よおー、そばにいてえー

和枝が好んで歌うのは、五輪真弓や、ペドロ&カプリシャスのバラードものだ。裏声の、まるでセレナーデを歌うような声を出す。そうたいしてうまくはないが、本人はうっとりと目を閉じて、いかにも楽しそうだ。

終ると拍手が起こる。「猫まんま」にたむろしているのは、近くの商店主か、そうでなかったらアパート経営兼農業といった男たちが多い。ミドリがうるさいから、行儀の悪くない客ばかりで、にこにこと拍手をしてくれる。野卑《やひ》なかけ声はない。ただ、

「カズエちゃん、サイコーッ」

という声援がとんだ。和枝は二人の子どもがいるとは思えないほど、細いウエストを

していた。それを強調するように、ベルトでキュッと締め上げ、明るい色のセーターを着ている。目が大きく、派手やかな顔立ちだ。

　最近、カラオケ仲間になった裕子は、和枝よりはるかに肉感的だ。化粧がやや濃く、厚くだらしない唇をしている。おそろしいほどの早口で、その合い間に入るガハハッという豪傑笑いがなければ、おそらく同性から嫌われるタイプだろう。「猫まんま」のホステスに間違えられることがしょっちゅうあるが、なんと中学生の子どもがいる。次女が、洋一たちと同じ小学校なのだ。

　二人に比べ、きわだった特徴がないのが、マチ子だろうか。三十を越してから、腹のまわりに肉がついてきたが、まだまだ「お嬢さん」と呼ばれることが多い。和枝のウエストにはおよびもつかないが、下腹部のあたりに目をつぶってくれれば、手足も娘時代のまま、ほっそりとしていた。もともと器用なたちだから、自分で毎朝、きちんと髪をブロウしている。マニキュアもかかしたことがない。

「子どもがいるのに、国井さんの奥さんは、いつも綺麗にしている」

　という近所の声も、まんざらお世辞ではないはずだ。

「それじゃ、次、マチ子さん、いってみよう」

　和枝が銀色のマイクを握らせる。

「それじゃ、いつものやつね」

煙草を片手に、ミドリがスイッチを入れる。流れてくるのは、岩崎宏美の「ロマンス」だ。三人の中で、マチ子はいちばん声が美しいとされている。高校時代、音楽の教師から、そんな歌謡曲を歌うように声を出すなと、よく注意された。つまり、和枝のような裏声が出なかったわけだ。それで、長いこと歌など歌っていなかったのだが、カラオケのおかげで、皆に誉められるようになった。

「マチ子さんの声は、素直でよくとおるから、やっぱり岩崎宏美の歌がいちばんいいわよオ。これをあんたの持ち歌にしなさい」

ミドリが選んでくれたのが、「ロマンス」だった。

〽あなた、お願いよおー、席を立たないでー……

伴奏にのると、自分の声は信じられないほど綺麗に聞こえる。歌を歌うというのは、本能的な快感らしく、マチ子は次第に背すじがピンと伸びる。

いつしか、店の中は手拍子が起こった。

ああ、なんて楽しいんだろうとマチ子は思う。さっき飲んだウイスキーの水割りが、ちょうどきいてきたらしい。からだがふわふわとやわらかくなり、喉の奥がにわかにひろがったような気がする。そこから声が出る。娘時代と声はほとんど変わっていないと自分でも思う。

「うまいねえ」

壁ぎわのシートにいた男が、感にたえぬように首をふった。

何の疑いもない、素直な喜びが胸にひろがるのは、酔いのせいだろうか。いや、そうではない。自分は本当に、美しい声の持ち主なのだ。その自信は、二番を歌う頃になると、さらに確かなものとなる。

こんな田舎で、平凡な主婦になってしまったけれど、自分にはもしかすると、もっと別の道があったのかもしれない。これほどみなが誉めてくれるのだ。歌手になることを、どうしてあの頃考えなかったのだろう。

テレビを見ていると、聞くにたえないような歌を歌っている子どもが何人もいる。そして全く美しくもなく、すでに若くもないけれど、根強い人気を保っている三十代の女性歌手もいる。

ひょっとしたら、自分もあんなふうな道を選ぶことができたのかもしれない。どうして十代のうちに、早々と自分のことを、ごくありふれた女だと思ったりしたのだろう……。

歌うことの恍惚は、さまざまな思いをもたらし、マチ子は思わず涙ぐみたくなってくる。

「いいよ、いいよ、マチ子さん、ステキ!」

和枝がはしゃいだ声を出し、カラオケは終った。するとマチ子の魔法はとける。ほんの三分間だけの、空想と後悔は終る。

「私、思うんだけど、今度は明菜なんかに挑戦してみたらどうかしら」

ミドリは、歌はたいしたことがないが、アドバイスをするのが大層好きだ。客に合った歌手や曲を選び、それをレッスンするように強制する。

「だめよ、明菜の歌なんて……。年齢が違いすぎるし、メロディがむずかしいわ」

「そうでもないって。あの子の歌って、すごくきかせるものが多いわよ。今度さあ、『難破船』かなんかやってみようよ」

歌い終った後、水割りで喉をしめらせながら、あれこれ話すのもカラオケの楽しみだ。

「ねえ、ねえ、チビたちが春休みになったらさあ、みんなで東京へ行って、東京でカラオケしない?」

「ヒャアー、東京でカラオケ!」

和枝の提案に、裕子が大げさに騒ぐ。

「ねっ、ねっ、そうしようよ。チビたちは、おばあちゃんに預けてさあ、このメンバーで一晩歌うのよ」

「『猫まんま一家』、本場に殴り込みをかけるってわけね」

「私もさ、お店休んで行っちゃおうかなあ」

ミドリは、演歌を歌い出した男性グループは無視し、マチ子の隣りに腰かけている。

「私、知りあいがやってる店がいくつかあるわよ。赤坂とか青山に……」

「赤坂！」

裕子がため息をついた。やはり彼女も、東京で学生生活をおくったことがあるのだ。

「赤坂なんて、十年ぶりよ。たまに東京に行っても、日帰りばっかり。亭主や子どものものを必死に買っておしまいよお」

「私、実家に子どもを預けるわ。たまに泊まってやれば、おばあちゃんたちも喜ぶし」

だんだん乗り気になってきたのはマチ子だ。

「でも私、実家には泊まりたくないな。夜遅くなることもできないし」

「ねえ、みんなでホテルへ泊まろうよ」

「えーっ、ホテル！」

ミドリの言葉に、三人の女は息を呑む。

「東京のホテルなんて、高いんでしょう。とんでもない」

「あーら、一流ホテルに泊まるわけじゃなし。ビジネスホテルにケのはえたようなところは、いっぱいあるわよ。マチ子さんの、ご実家はどこ？」

「小田原の、ちょっと先の方よ」

「ね、そこまでタクシーで帰ること、考えてみたら。一泊らくらく泊まれちゃうわよ」

ミドリの具体的な話のすすめ方に、和枝も頷《うなず》く。

「そうよねえ、主婦だって、たまには発散しなくっちゃねえ……。よし、私、なんとかしてみる」

こうして女四人の旅行はだんだん煮詰まっていったのだ。

「ホテル代ねえ、ま、なんとかパパに話してみましょう」

和枝も裕子も、殊勝なことを言っているが、結婚して十年、どちらもかなり自由になる金はあるに違いなかった。家のローンで苦しいと、よくこぼしているが、こうして週に一度か二度は、スナックで遊べる。身につけているものも、小綺麗だ。これほど親しくなっても、夫のボーナス額を決して言わないのも、かなりの大金だからだろう。夫が、地元の食品会社に勤めているマチ子を、不愉快にさせまいとの配慮に違いない。

しかし、佳明ともよく話すのだが、田舎に生活の基盤があるものは、それなりの余裕がある。家賃は安いし、いずれ親の家が自分のものになるのだから、ローンを組む必要もない。米や野菜は、ただで手に入ることが多い。

トータルで計算してみれば、高給とりの、和枝や裕子の家とどっこいどっこいだろう。マチ子も家計をうまくいじれば、東京のホテル代ぐらい、どうにかできた。

「ね、ね、東京でひと晩、みんなでわっと騒ごうよ」

心おきなく、一晩中でもカラオケを歌おうという和枝の口調は、すでに熱っぽくなっている。三人はその夜、真夜中まで歌い続けた。


「あんまり調子にのっちゃいけないよ」

家を出る時にムネ子は言った。

「遅くてもいいから、うちに戻ってくればいいじゃないか。ホテルをとるなんて、もったいない」

「あら、安宿よ。ここから東京へ出てく新幹線代ぐらい」

それは嘘だ。最初はビジネスホテルなどと決めていたのだが、一生に一度のことだからと誰かが言って、ニューオータニに部屋をとってあるのだ。

「ビジネスホテルだかしらないけど、ちゃんとしたうちの奥さんが、自分たちだけで泊まるなんて、よくないねえ。佳明さんは、知ってるのかい」

「もちろんよ。ただし、旧い友だちにゆっくり会うから、小田原に帰らないって言ってるけど。ま、どっちでもいいような話だから」

「あんた、調子にのっちゃいけないよ」

ムネ子はもう一度言った。

「いくら気ままに楽しくやってるっていっても、学生の時とはわけが違う……。ま、いいさ、今に足を掬《すく》われることがひょいと起こるよ。まあ、それまでのお楽しみだね」

「いやね、いったい何をぶつぶつ言ってるの」

マチ子はジャケットのボタンをかけながらふり向いた。この旅行のために新調した服だ。日帰りで渋谷まで出て行って買った。東京に遊びに行くための服を、東京で買うというのはおかしな話だが仕方がない。ちょうどバーゲンをやっていたし、やはりこういう大きな買い物は東京でしたかった。

東京駅から四谷に出て待ち合わせのニューオータニに着いたら、三人はすでにチェック・インしていた。裕子と和枝も、それぞれの実家に子どもを預けて、このホテルに集まってきていたのだ。

マチ子は和枝と同じ部屋になっていた。ノックすると、髪にカーラーを巻きつけた和枝が顔を出した。

「ねえ、ふつうのツインを頼んだのに、広いと思わない？」

ベッドの横でくるっとまわる。

「こんな部屋泊まるなんて、新婚旅行以来よ。家族で行く時なんか、たいてい民宿か、すんごい安いホテルだったもの」

和枝はもう一度回転し、その反動でベッドに倒れ込んだ。マチ子も隣りのベッドに寝そべる。二人で顔を見合わせて、うふふと笑った。

「和枝さん、新婚旅行ってどこ行ったの？」

「北海道よ。私の時は、もう海外行く人多かったんだけど、新居の方にまわそうってことで国内……」

「ふうーん。あのさ、ダンナがその時、初めての人？」

「まさかあ！」

寝返りを大きくうって、和枝はくっくっと笑い出した。

「いたわよお、好きな男が。結婚できなきゃ死んじゃうと思ってたけど、いまだに死なずによくやってるわ。我ながら感心しちゃう」

「ホント、私もよくやってると思うわ」

今回の旅行も、佳明は快く送り出してくれた。そんなやさしい夫を見つけ出したのも、穏やかないい家庭をつくり出したのも、すべて自分の力だと思う。

「ホントに、よくやってきたわァ……」

マチ子はもう一度ため息をついた。

「そりゃ、欲をいえばいろいろあるけどさ、ま、かなりいいセンよね」

「そういうことにしておきましょう」

エイッと勢いをつけて、和枝は起きあがる。

「さ、田舎のおばさんは、これから厚化粧して赤坂にのり出すぞ」

「私も大変、髪をなんとかしなくちゃ」

出発する七時まで、もう四十分しかなかった。

その後、四人はロビーに集合し、タクシーに乗り込む。

「TBS通りまで」

ミドリが告げたら、運転手はとたんに不機嫌になった。どうも行く先が近すぎるらしい。乱暴な運転にマチ子たちは、すっかりおびえてしまったが、ミドリは釣銭もきちんと受けとり、さっさと車から降りる。

「東京のタクシーの運転手なんて、みんなあんなもんよ。こわがってたら、カラオケなんか歌えないよ」

ひとつ裏道を入ったところに大きな鮨屋があり、そこの地下がどうやらカラオケ・スナックになっているらしい。マイクのマークと、「キャッツ・アイ」という小さな立看板が出ていた。階段を降りていくと、木の扉があり、そこから聞こえてくるのは、「北の宿から」のメロディだ。

「あーら、ミドリちゃん、待ってたわよ」

扉を開けたとたん、奇妙な大声が迎えてくれた。野太い男の声なのだが、抑揚《よくよう》にねっとした女らしさがある。向こうの席から立ち上がったのは、ヒゲをはやした大男だ。

「紹介するわ。ここのオーナーのタダシさん」

「よろしく」

男が身をくねらしたので、合点がいった。

「お席、用意しといたわよ」

狭い店だった。カウンターと、テーブルが三つ置かれていた。そのうちひとつは、ふたり連れの男が座っている。隣りのテーブルに、四人分のグラスと割箸が置かれていた。

「今日はヒマなのよお。ゆっくり遊んでいってちょうだい」

このあたりでは、庶民的な店よというものの、やはり「猫まんま」とは勝手が違う。棚に並べられた洋酒も高級なものが多い。マチ子は、やや緊張して、椅子に浅く腰かけた。

「あら、もっとリラックスしてよ。なにを歌うのかしら。うちはわりとポップス系が多いの」

その時だ。隣りの席の男が声をかけた。

「素敵な奥さんたちが団体でどうしたの、タダシちゃん」

「同窓会の帰りだって……。あら違ったかしら」

三人はややぎこちなく笑う。

「まずは乾杯といきましょうよ。乾杯」

声をかけた男は、如才《じょさい》なくグラスをあげる。ネクタイを締め、スーツ姿なのだが、佳明などとはどこか違っている。柄の好みといい、ややゆるめた衿《えり》のあたりといい粋がとおっていた。

「うちのお客さんで、久我さんっていうの。お隣りは伊東さん」

タダシが紹介してくれたので、三人の警戒心はすぐに解けた。ミドリは、いつもの手際よさでビールをすすめ、いつのまにか二つのテーブルは、ぴったりとつけられた。

「じゃ、お近づきのしるしに、デュエットをお願いしますよ」

その時、久我ははっきりとマチ子を目でとらえたのだ。

「ここは赤坂だけど、やっぱり『銀座の恋の物語』といきましょう」

立ち上がると久我は非常に背が高かった。ボストン型の眼鏡のレンズは、かすかにグレイが入っている。あかぬけていて、いかにも東京の男らしいとマチ子は思った。

〽心のー、底まで、しびれるようなー

男の声は低く、かなり歌いこんでいるようだ。「なー」の音をかすかにふるわす。何をしている男だろうか。赤坂の、この店の近くに勤めているのだろうか。年は四十二、三といったところだろうか……。

楽譜を眺めるふりをしながら、マチ子は男の横顔を盗み見る。美男子というわけではないが、とがった顎《あご》の線がしゃれているような気がする。最近めっきり太り出した佳明とはまるで違う。

「どうしたの、マチ子さん、とちっちゃって」

ミドリがはやしたて、マチ子は赤くなった。出だしを二回も間違える。どうしよう。とっさに久我の顔を見る。彼は大丈夫だというように、マチ子の腰を軽く指でたたいた。そこの箇所がさっと熱くなる。思わず腰をひいてしまった。するとその逃げたウエストのあたりをまた男はぽんぽんと軽く叩くのだ。せめて、和枝のサイズのウエストだったら！　マチ子は口惜しさと恥ずかしさで身がすくむようだ。しかし男は、ウエスト五十六を誇る和枝より、自分を選んでくれたのだ。裕子にも興味はなさそうだ。そう考えると、晴れがましささえ憶えてくる。結局、さまざまな感情が交差して、最後の方は、何度もとちってしまった。

歌い終え、女四人でボトルを空けた。久我とは、その後、二回もデュエットで歌った。彼はもう、指でウエストのあたりを叩いたりしない。ギュッとマチ子の腰をひき寄せる。もう羞恥はなかった。そのかわり、せつなさが生まれていた。この男とは、ほんのゆきずりで、もう一時間もすれば別れてしまう。そんな残酷なことがあっていいのだろうか。マチ子は、男の眼鏡の、淡いグレイのレンズさえ慕《した》わしい。なんて素敵なんだろう。なんて似合っているんだろう。あの町には、こんな眼鏡をかけた男など、一人もいなかった。

少し酔ったのだろうか。いったん扉の外に出て、洗面所に入る。用をたして、店に入ろうとした時だ。久我が出てきた。

「この後、どうするの」

「お店ひけた後、タダシさんと、もう一軒行くことになってるけど」

「じゃ、こうしよう」

久我はすごい早口になった。

「僕はその前に出る。そして連れと別れて、『アマンド』で待ってる。君はひと足早く、ホテルに帰るって言って、みんなと別れる。そして『アマンド』に来るんだ」

最後の方は、ほとんどぼんやりと聞いていた。もっと違うことを口にしなければいけないと思うのだが、全く別の言葉が出た。

「『アマンド』って、どこにあるの……」


「猫まんま」に三人が集まったのは、あの旅行以来初めてのことだ。もう二カ月がたとうとしていた。

「マチ子さん、お姑《かあ》さんの具合どうなの」

カウンターの中から、ミドリが声をかける。

「まあ、なんとかかね。今夜は、義姉《ねえ》さんが来てくれてて、やっと脱け出してきたわけ」

東京から帰ってわずか五日後、姑が突然倒れた。脳卒中だった。まだ六十二と若く、畑仕事をするくらい丈夫だったので、すっかり油断していたのだ。

「でもすぐ帰らなきゃ。嫁がこんなとこでカラオケ歌ってたなんて言われたら大変だわ」

「まあ、ゆっくりしなさいよ。私も久しぶりで来たんだから」

そういう和枝はうかない顔をしている。

「マチ子さんに聞いてもらおうと思ってたんだけどさあ……」

口を耳元に近づけてくる。

「おたく性教育どうしてるの」

「どうって、別に……」

「男の子って、本当にむずかしいわよねえ」

大きく舌うちをする。

「妹にいたずらしてたのよ」

「誰が？」

「うちの和幸がよ。ま、いたずらっていっても、同じ布団に入って、キスをしたり、抱きしめたりするぐらいらしいんだけど、実家に泊めた時……ほら、あの時よね、うちの母が見つけてさあ、そりゃ怒られちゃったわ。子どもを置きっぱなしにして、母親がカラオケ歌ってれば、どうしたってこんなことになるって……」

「ねえねえ、マチ子さん、まずは駆けつけ一曲。なんか歌いなさいよ」

カウンターで、ミドリと喋っていた裕子が、マイクを差し出す。

「ねえ、私、前から思ってたんだけど、マチ子さん、島倉千代子もいけるかもよ」

「そう、そう、レパートリーにしようかなって曲があったじゃない。『この世の花』」

マチ子は立ちあがる。デッキからは、哀しげなイントロが流れ始めた。

〽赤く咲く花ー、青い花
マチ子はふと、ムネ子の言葉を思い出した。

「いいさ、いまのうちにうんと楽しんどくがいいさ。そのうちに痛いことが来るよ、きっとね。それを辛抱すると、また楽しいこともくるさ。いろいろあって、おもしろいよ。長く生きてるとね」

二カ月ぶりのマイクが、あの時の、あの男の声を思い出させた。「男と女のラブゲーム」を歌った時の声だ。すべて酔いと、夢心地の中で行なわれたから、罪悪感はない。赤坂の裏通りのホテルで、あわただしく抱かれた時も、夫や子どものことは、不思議なほど考えなかった。

ただトニックのにおいがきついと思った。何という香料なのだろうか、鼻につんときた。それをさらに頭に思いうかべようとした時、別のものが、近い記憶としてトニックのにおいを押しのけた。今朝とり替えた時、姑のおむつに付着していた大便のにおい。そちらの方が、これから先、強烈な思いとしてマチ子の中にのこるはずだった。

〽この世に咲く花、かずかずあーれどおー

自分でも、なんてうまいんだろうと、マチ子は一瞬身を震わす。

私小説

エア・メイルというのは、いつも晴れた日に届けられる。

「和美ちゃん、お元気ですか。ご活躍、本当におめでとうございます。あなたの本は、ロスの本屋さんにもちゃんと置いてあって、時々は買うんですよ。新人賞をもらっても、消えていく人は多いのに、あなたって、どんどん本を出しているんですもの、感心してしまう。昔の同級生としてもハナが高いわ。

主人の転勤でここロスアンゼルスに来てから、もう四年になります。確か結婚式に来てもらった時は、デュッセルドルフに転勤が決まった時だったわね。

ドイツ、アメリカと、あわただしい日々をおくっています。年に一回ぐらいは日本に帰ることがあって、あなたに電話しようとするんだけど、つい、しそびれてしまいます。

なんだか遠い世界の人になったようでね。今の私ときたら、うえの子どもは、もう五歳、下の子は三つで、しっかりおばさんしています。華やかにお仕事をしているあなたから見ると、笑っちゃうぐらい地味な毎日よ。

でもお会いしたいわね。実はこの手紙を書いたのは、今度の九月に、主人が東京の本社に帰ることになったからです。もちろんお忙しいとは思うけれど、いっぺんお食事ぐらいしたいわ。その時は、麻子とか由紀江も誘うつもりだけれど。ぜひ、ぜひ会ってちょうだい。ではその日を楽しみにしています。お仕事頑張るのもいいけれど、からだだけは気をつけてね。ではさようなら」

容子からの手紙を、二回も読み直して、最後は机の引き出しに入れた。そこは行かないことにしたパーティーの招待状や、経費で落とせないのに、なんとなく溜めてしまった領収書を入れておくところだ。本当は、手紙はくず箱に捨てたいところだが、そうするとあまりにも自分が冷たい人間のような気がするのだ。

月日がたつと、見えてくるものはいろいろある。若い頃、友情と信じていたものが、実は偽善と、こちらの屈折した憎しみだったとわかったり、酔っていた恋は、結局は肉欲だったと知ることとだ。

容子とのつき合いも、そのひとつだったというのは言いすぎだろうか。二人は女子大の同級生だった。今でもそうだと思うが、あの頃の英文科は、文学や英語が好きというよりも、なんとなく聞こえがよいという理由でたくさんの女の子が集まってきていた。

容子は決して美人ではなかった。少し肉のつきすぎたからだをいつもゆっくりと動かし、まだるっこい話し方をする。受け口の唇と、小さい黒めがちの目に特徴があった。キャンパスの中で、彼女に初めて会った時、実に不思議な目つきをすると感じたことをよく憶えている。こちらを見ているようで、視線はなだらかに別のものに流れているのだ。

「あ、これ」

容子はかすかに笑った。

「私、軽い斜視なのよ。手術をすれば簡単に治るものらしいけれど、別にする必要もないと思って……」

そんな容子を、和美は初めから軽んじていたところがある。他に美しい女や、才気に溢《あふ》れた同級生は山のようにいた。なんとなく与《くみ》しやすい女というのが、和美の抱いた印象で、それゆえに近づいていったに違いない。田舎の高校で常に優等生だった和美は、上京したばかりの頃、確かにびくついていた。少女の時から必ず周りにいた〝下女〟を見つけることが困難だったからだ。

容子は東京育ちであるにもかかわらず、どこかしら野暮ったい雰囲気をかもし出していた。それが特徴のぼんやりとした視線で、まわりの娘たちを眺めていて、最初はなかなか輪の中に入っていこうとはしない。だからこそ、和美は、とりあえず友人として、何人かの同級生の中から、容子を選び出したのだった。

「私ってぼんやりだから、気づいたことは言ってちょうだい」

彼女はいつもささやくように言葉を発した。

「大学生になっても、まるで子どもみたいだって。うちの母は、和美さんみたいにしっかりしたお友だちができて、よかったっていつも言っているのよ」

と言った後、また遠くを見る。

けれども、その時まで和美は気づかなかった。容子の魅力は、男に対してのみ、効力を発するものだということにだ。

「あの人って、高校時代から、そりゃあ、大変だったのよ」

容子と同じ学校から進んだ同級生に、その噂を聞いてもにわかには信じられなかった和美だ。

「新任の体育の先生が、あの人に夢中になって追いかけまわしたの。けっこう騒ぎになったもんだわ。男の人に言わせると、あの斜視がかった目に、たまらない色気があるって言うんだけど」

「まさか、そんな」

そこに居合わせた娘たちも、いっせいに声をあげたものだが、やがてそれを認めざるを得なくなってくる事態が生じた。〝合コン〟や〝合ハイ〟で一緒になる男子学生たちの中から、何人も容子に接近する者が現れたからだ。

「あの人はかわいそうだと思う。多分、女の人からそんなに好かれないんじゃないかな」

早稲田の四年生で、ロシア文学を専攻していた男が、ある日和美に言ったことがある。

「どうしてこの女性が、そんなにもてるのか、他の女たちにはわからない。きっと汚い手を使っているに違いないって思う。だから、あの人は、友だちが少ないはずだよ。それなのに、彼女は同性に好かれたくって、女子大に行ったんだから、女ってわからないよなあ」

その男が予想したとおり、容子は同級生の中でも早い結婚をした。相手は学生時代の恋人ではなく、見合いで決めた会社員だ。その男がエリートといわれる類の男だったから、和美たちは「やっぱりね」と頷《うなず》き合った。

あの日、披露宴での帰りの会話を、今でも和美は憶えている。一流ホテルの紙袋をぶら下げたまま、女四人で喫茶店に入った。

「私たち、どんなことしたって、あのテの女にはかなわないのよ」

披露宴では我慢していた煙草を何本もふかしながら麻子が言った。学生時代のグループの一人だ。

「あのコって、虫も殺さぬような顔をして、結局は男を何人も手玉にとっててさ、結婚はそれなりの男をつかまえる。やっぱりスゴいわぁ」

「旦那になる人は気づかないのかしら」

「何をさ」

「アレよ、アレ。バージンじゃないのはわかったでしょうけど、相当経験ずみってことをさぁ……」

「嫌ねえ……。そんなことはうまくやるでしょう。あのコのことだから」

卑猥な笑い声をしばらくたてた後、女たちは急におし黙った。自分たちがひどく嫉妬していることに気づいたからだ。

容子は手紙の中で、皆に会おうと書いてきている。多分、麻子も由紀江も、妙子も、素知らぬ顔で集まるだろう。そしてそれぞれ、幸運な人妻になった境遇を喜びあい、冷やかしあったりするに違いない。昔は偽善と嫌ったそういう情景を、むしろ微笑ましく和美は思う。所詮《しょせん》女はそういうものだということが、よくわかる年齢になっていた。

「だけど、私は行くのはご免だわ」

いつのまにかつぶやいていた。もうとうに忘れたはずのうっとうしいものに出合いたくはなかった。

ひょんなことから書いた小説が、ある雑誌の新人賞に選ばれたのは、今から四年前のことだ。和美がまだ二十代のOLだったこと、その小説が、職場の不倫を扱ったものだということでマスコミがとびついた。しばらくは雑誌の取材が殺到し、処女作もベストセラーになった。

処女作ほど売れた本はその後出ていないが、連載もいくつか持ち、生活はまずまず安定している。誰もが知っている売れっ子作家にはほど遠いが、本屋に行けばたいてい和美の本は置いてあるといってもいい。

こういう幸運に驚いているのは、誰よりも和美自身で、だからこそ排除したいものと、手に入れたいものとはきっちり賢くわけたいと思っている。

排除したいものとは、つまらないスキャンダル、三流ゴシップ雑誌からの原稿依頼、時々編集者が吹っかけてくる青くさい文学論、ワイドショーの出演、賞に野心を燃やすことなどだ。その中に昔の友人を加えたいと考えるのはいけないことだろうかと、エア・メイルを入れた引き出しを見つめる。

とにかく電話がかかってきても会わない。上手に断わることだと和美は決心する。


しかし電話は、あまりにも明るく、何気なくかかってきた。

「カズ？　私よ、容子。元気ィ。えっ、この電話、ロスからじゃないわ。東京からよ。そう、日本に帰ってきたのよ。そう、十日ぐらい前に。ええ、元気よ。会いたいわね」

ちょっと、ここんとこ忙しいのよねと、和美は受話器のこちら側で顔をしかめる。十分に不機嫌な声になったはずなのに、相手は全くひるまなかった。

「そうね、きっと忙しいと思ってたわ。でもちょっとだけ会えないかしら。そりゃ、あなたはエライ人になっちゃったから、私なんかにさく時間なんか無いのかもしれないけれど……」

こう言われると、行かざるを得なくなってくる。和美は赤坂のホテルの、ティーラウンジを指定した。ここは編集者との打ち合わせや取材に時々使うところだ。乳白色の大理石を敷きつめたスペースは、少々近寄りがたい雰囲気がある。ここでひるむ容子の顔を見たいと思った。自分は颯爽《さつそう》と入って行こう。そのためには、なるべく高いハイヒールを履いていった方がいい。

働く女と、家に居る女とを分けるのは、靴だと和美は思っている。服には注意をこらしても、主婦というのは靴に対して案外ぞんざいだ。流行遅れのものや、革がくすんだものを平気で履いている。自分は、大理石の上を、滑るようにして歩いて行こうと和美は決心する。そのことが、八年という歳月、離れてしまった自分たちの立場を、容子に見せつけることになるのだ。

陽が低くなったために、初秋の部屋は、夏よりもいっそう明るく見える。その中で、容子はオレンジ色のスーツを着て座っていた。長い外国暮しで、色彩感覚が日本の女とは少し違ってきているようだ。こんな鮮やかな色は、和美でも着たことがない。それがまた容子に似合っていることを、認めなくてはいけないのはいささか癪《しゃく》だった。それよりも、まず和美が驚いたのは、容子が昔よりもはるかに美しくなっているという事実だ。十代の終わりから二十代にかけて、どうしても解けなかった謎が、くっきりと解明されている。ほっそりとかすかな翳《かげ》を持つようになった頰、濃いめの橙色の口紅は、若い頃には沈んで見えにくかった容子の魅力を非常にわかりやすくしていた。

「久しぶりね」

容子は笑う。その口元の歯肉さえ、果実のような赤さに変色していた。

「もう、昔の同級生なんかと会ってくれないかと思ったわ」

「そんなことないわよ」

座った拍子に、容子の足元に目がいった。洋服に合わせたオレンジ色だ。爪先の飾りが変わっている。おそらく、あちらで買ったものだろう。

「カズ、まずはおめでとう」

その時容子が不意に頭を下げた。

「あなた、えらいわ。本当によくやったわね。でもあなたが小説を書くなんて、私、思ってもみなかったわ」

「そりゃ、そうよ。私だってそんなこと、考えたことなかったもの」

やや自嘲《じちょう》的に笑った後、和美は煙草に火をつける。原稿を書くようになってから、一日二箱のマイルドセブンは、もう手離せないようになっていた。

「OLやっていた頃ね、仕事が嫌で嫌でたまらなかったの。そうかといって、結婚する気にもなれなかったのね。今の生活から脱け出す方法は何かないかなあって考えてね、それで何か書いてみようと思ったの。まあ、動機は極めて不純よ」

「わかるわ、その気持ち」

容子は深く頷く。その様子には、なにか世辞以上のものがあることにしばらくしてから和美は気づいた。

「でも、書くって大変なことなんでしょうね」

ほら、来た、と思う。世間の人たちというのは、物書きに無邪気な好奇心を常に抱くのだ。

「ねぇ、あのヒロインは、誰かをモデルにしたの」

「このあいだ、ずいぶん大胆なベッドシーンがあったけれど、あれは体験なのかしら」

「書くのはやっぱり夜が多いんですか。それから、もし書く材料の無い時はどうするんですか」

こんな質問を、今までに何回されてきたことだろうか。目の前の家庭の主婦が、この機を逃さずとばかりに質問をしてきているのだ。答えてやるのが親切というものだろう。

「そんなことないわよ。そりゃ、いろいろ大変なこともあるけれど、それはどの仕事でも一緒でしょう。ま、一生懸命やれば、なんとかなる仕事よね」

こんな時、偽悪的になるのは、和美の癖だ。

「そお」

容子は再び大きく目を見開く。よく見ると、彼女の目には、巧みに細いアイラインが入れられている。普通の主婦にしては、あまりにも化粧が濃すぎるのではないだろうか。

そんな考えが、ちらっと頭をかすめる。

「ねぇ、有名な作家に会ったりするんでしょう。私が学生時代から大好きだった、井上修吉なんかと会ったりすることはないの」

「ないわよ。私、パーティーなんかにめったに行かないもの」

和美はいささかうんざりしてきた。新着のビデオも見たかったし、短いエッセイだが今日中に片づけたいものもあった。相手は同級生という、ただそれだけのことで、こうした質問を受けなければいけない不合理さが急に腹立たしいものに思われてくる。

「それよりも――」

反対に問うてみることにした。その方が、はるかに礼儀にかなっているというものだ。

「あなたの方はどうなの。この八年間、年賀状をたまにもらうぐらいだったけれど……」

「私？」

容子はあきらかにとまどったようだ。しばらく沈黙があった。

「どうっていうことはないわ。海外暮しっていうのも、慣れちゃうと嫌なことばっかり目についてね。でも、私たち恵まれていた方だったって、いろんな人に言われるわ。デュッセルドルフにしても、ロスにしても、日本人が多くてひどい不自由はしなかったもの」

「向こうはいろいろ、食べ物も揃っているわよね。私も二回ぐらい行ったことがある」

「あら、いつ」

「もう二年ぐらい前よ。昨年も四日間ぐらい行ってたけど」

「どうして連絡してくれなかったの。うちに泊まってくれればよかったのに」

「一回目は取材、二回めはニューヨークからの帰りにちょっと寄ったのよ」

「そう、楽しそうね。いいわねぇ……」

しんから羨まし気な声を出したので、和美はかすかに不安になる。

――結婚生活が、うまくいってないのだろうか――

「そう、そう、ご主人は元気なの」

披露宴で一度きり会った男を思い浮かべた。背の高い、肩幅の広い男で、風采もそう悪くなかったはずだ。学生時代の友人が何人か出て来て、大声で校歌をがなりたてた。そのとたんホテルの大広間は、男の体臭が充満して、和美は今夜容子を抱くであろう花婿の肉体を息苦しく思った。あの一瞬のせつない感情は、やはり嫉妬と呼ばれるものだろうか。

「元気よ、とっても元気。今度本社に戻ってくることになって……まあ、栄転って言うのかしら、そんなこんなで張り切ってるわ」

「よかったじゃないの。それで東京に住むのね」

「そうなの。彼の実家が下馬《しもうま》にあったでしょう。古い家が建っててね、庭はわりと広かったのよ。ほら、日本は今、相続税やなんかが大変でしょう。だからっていうんでね、向こうのうちでもいろいろ考えてたわけよ。それで庭に、外国人向けの借家を建てることになって、ついでにうちも建ててもらうことになったの」

容子はとたんに饒舌《じょうぜつ》になる。

「もちろん、小さなうちよ。だけど将来は、どうせ実家の方に住むんだしね。贅沢は言ってられないわけ。だけど、プランなんかはこっちで考えたの。私たち、海外が長かったから、日本の天井の低さはどうにも我慢ができないの。だから思いきり高くしてもらったわ。玄関から居間にかけては吹き抜けにしたの。こんなに高いと暖房がきかないって言われたから、思いきって床暖房にしたりしてね。かなり無理をしたわねえ。

向こうから運んできた家具や食器も結構映えると思うのよ、天井が高いとね。来月から工事にかかるの。出来上がったら、ぜひ遊びに来てちょうだい」

ひと息に言った。なあんだと和美は思う。結局のところ、容子は自慢をしたいだけだったのだ。こちらの近況を聞いたりしたのは最初の挨拶というやつで、海外赴任を終えたばかりの、エリートの妻である自分を、旧友に見せびらかしたかったからに違いない。

「幸せそうで何よりね」

精いっぱい皮肉を込めて言った。

「そうでもないのよ。いろいろ大変なのよ」

年を経て容子は鈍感になったようだ。和美が退屈しきっていることにも全く気づかない。ふと見ると綺麗に整えられた眉を寄せる時、奇妙な皺ができた。それは学生時代には無かったものだ。

「なんかいろいろ空しくってね。ドイツに居た時も、ロスに居た時も、いい妻になろうとして一生懸命だったのよね。狭い日本人社会だから、ちょっとでも悪い評判が立つと大変。気張って気張って暮してたわ。そうしたら、なんていうのかしら、自分っていうものが失くなってしまったような気がだんだんしてきてね。このままでいいのかしら、このまま年とっていくのかしらって、本当に怖くなってきたの。海外勤務って、いいことばかりじゃないのよ」

時計が四時を指した。もう十分つき合っただろうと和美は判断する。容子にしても、そろそろ夕飯の仕度をしなければいけない頃だ。別れるきっかけを、いつつくり出そうかとしていた時に、突然容子が言った。

「だからね、私、ものを書いてみようと思い始めたのよ」

「えっ……」

「カズみたいに、物書きで食べられる人になりたいの。大変だってことはわかってるわ。だけど私は、もう若くないんだし、このまま年とっていくのは嫌なのよ」

「あなたのようになりたい」という言葉は、和美の自負心をひどく傷つける。

――じゃ、なれるものなら、なってみなさいよ――

出来るなら、こう怒鳴ってみたい。けれどもそれはあまりにも大人気ないような気がする。相手は世間知らずの奥さんなのだ。もう少し余裕をもって接するべきだろう。

「そりゃ、まぁ、容子が私を見てれば、あの人だってやれるんだから、私だってと考えると思うわ。だけどさ、ま、この書くっていうのもいろいろあってさ……」

「とりあえず、私、書いてみたの」

きっぱりと容子は言いはなった。

「今から一年ぐらい前かしら。私もやってみようって、ぼちぼち書き始めたのよ。そりゃすぐにプロになろうとか、本を出そうなんて思っているわけじゃないわ。カズみたいにプロになって活躍したい、なんていうのは、もちろん私の夢よ、憧れよ。だけど、主婦だからってものを書いちゃいけないってことはないでしょう」

そのとおりと、和美は言わざるを得ない。

「あなたみたいな人に、こんなことをお願いするのは気がひけるんだけれど、いっぺんでいいの。目をとおしてほしいの」

その時初めて気づいたのだが、容子は大ぶりのグッチのバッグを床に置いていた。その中から紙袋をとり出す。伊勢丹の紙袋を大きく開け、容子は二冊の原稿用紙をとり出す。コクヨのへんてつもない原稿用紙の表紙に、「アメリカで考えたこと」という文字が書かれていた。

「あっちで起こったことなんかを、手記風にまとめてみたの。ぜひ読んでちょうだい。外国の生活のことをいろいろ書いてあって、ちょっとおもしろいんじゃないかと思うの。本職の作家に、こんなものを見せるのは恥ずかしいんだけれど」

容子にはアメリカナイズされた主張の強さと、日本式の謙遜が入り混じっていて、それは和美を辟易させるのに十分だった。

原稿用紙は重い。一冊が百枚として、二百枚はある。ごく反射的に和美は一枚目を開いた。きちんと見出しが出来ている。

「ロスのグルメたち

お正月のこと

イースターの休暇
アメリカの台所はピッカピカ
私が会ったアメリカ女性たち」

昔から字がうまい女だった。丁寧に清書したらしい。ペン字の見本のような字が並んでいた。けれど他人が書いた生原稿というのはそれだけで圧迫感を覚える。

「預っても、すぐには読めないかもしれないわ」

いったん手にとったことを後悔しつつ、テーブルの上に置いた。

「いいのよ、ひまな時に読んでくれれば……」

そう言いかけた後で、まるで少女のようにはにかんだ笑いをうかべた。

「それでカズがいいと思ったら、どこかの出版社を紹介してくれないかしら。あなただったら、いっぱい知り合いはいるんでしょう」

怒りよりも、おかしみがこみあげてきた。――この女は、何にも知らないんだ。それにしても、この無邪気なことといったら――

「とんでもないわ。私みたいな新人の言うことを聞いてくれる編集者なんてどこにもいないわよ。そんなに自信があるんだったら、どこかに持っていくか、新人賞に応募してみれば。そちらの方がずっと近道よ」

「嫌よ。そんなの、恥ずかしいじゃないの」

容子は身をくねらせる。オレンジ色の肢体が、ねじれた飴《あめ》のようになった。

「とにかく、カズに読んで欲しいの。お願いよ」


「というわけで、その原稿を預ってきてしまったのよ。というよりも、無理やり持たされたっていう方が正しいかもしれないな」

電話口で和美は笑った。我ながら鷹揚《おうよう》な笑いだと思う。相手がたとえ気のおけない恵理子だったとしても、そういうところは配慮しなければならない。

「そりゃ、この忙しい時に災難だったわねぇ」

恵理子は三十四歳で、和美よりふたつ年上だ。月刊女性誌の編集者をしている。デビューしてすぐ、連載の担当になった時からのつき合いで、もう四年越しになるだろうか。おととしの夏は、二人でヨーロッパ旅行をしたほどの仲だ。若い時に一度結婚している彼女は、からだからも、言葉からもぜい肉がそぎ落とされているかのようだ。シンプルで辛らつなことを、はっきりと口にする。

「この頃の奥さんって、みんな書きたがってるからね。なんて言うのかな、主婦独得の露出癖って言うのかな、自分の心の中にあることを全部吐き出して、気持ちよくなりたいっていう心理なのよね。和美さん、〝集団セラピー〟っていうのを知ってる？」

「なんなの、それ」

「ほら、心の病気を治療するセラピー、それを集団でやってしまおうっていうやつよ。この頃は企業なんかでもやっているらしいけれど、みんなで告白し合うの。自分のコンプレックスとか傷とかを、さらけ出すんですって。そして最後にみんなでワーワー泣き出すらしいわ。だけどそれでスッキリして、精神的にも落ち着く人って多いらしいわ」

「なんか気持ち悪いわ」

「でしょう？　ちょっと私たちはご免被りたい世界よね。その奥さんも同じなんじゃない。ね、その原稿、もう読んだ。おもしろい？」

「ちらっとめくったけど、まあまあ読めるんじゃないかしら。字も綺麗だしね」

「そう、じゃ、今度拝見しようかしら」

「そうね、お願いするわ」

もちろん本気ではない。今度会う時、恵理子もそんなことは忘れているのに違いなかった。

それから二人は、とりとめのない話をしばらくした。恵理子は新作の映画が素晴らしいと何度も言う。

「試写に急に行ったもんだから、あなたを誘えなかったけど、ぜひ見て欲しいわ。男と女のことが、すごくねちっこく描かれてんのよ。ああいうねちっこさは、絶対に見といた方がいいわ」

「そうね、ねちっこい表現は、私の最も苦手とするところでありまして……」

一緒に笑おうと思ったのだが、電話の向こう側では、確かにためらいの沈黙があった。

「こんなこと、あなたの耳に入れていいものかと思うんだけど……」

恵理子にしては、珍しく歯切れの悪い言い方をする。

「長谷川さん、やっぱり離婚したらしいの。このあいだ奥さんから手紙が来たわ」

「そう……」

「あれだけ頑張るとか言ってたけど、やっぱり駄目だったのね。まあ、あなたも当分寝ざめが悪いと思うけど、これも自分が招いたことだし……、それにあのことがあったから、今日のあなたっていう人もいるんだから」

「わかってるってば！」

乱暴な言葉が出たが、長いこと間に立ってくれていた友人に言うべきことではないとすぐに悟った。

「悪かったわ。ただ、びっくりしちゃったのよ。絶対に別れない、あんたなんかに負けるものかってさんざん言われてきたからねぇ」

「わかってる、わかってる」

「ねぇ……」

思わず問いかけていた。

「私のこと、軽蔑したんじゃない。他人の家庭をめちゃくちゃにした女だって」

「気にしない、気にしない」

明るい声が聞こえてきた。

「仕方ないことよ、それも物書きの宿命だから。ねっ」

宿命……宿命……電話を切った後で、和美は何度かつぶやいていた。

長谷川俊一の顔が浮かぶ。それよりも強い輪郭で迫ってくるのは、妻の栄子の顔だ。

「こんなことして楽しいの」

こちらの顔をのぞき込むように言った。

「人のことを笑いものにして、活字にして、世間に晒《さら》して……。あなたはそれで賞をもらったりしてご満足でしょう。だけど、こんなふうに書かれた相手のことを、一度だって考えたことあるの」

長谷川は、和美が勤めていた繊維会社の直属の上司だった。化粧品会社も系列に持つその会社は、自由な気風で知られていた。流行をつくり出していくという自負があるから、男たちのセンスもいい。

長谷川は大柄な男で、明るめの色のスーツに、イタリアンカラーのネクタイなどを締めると、実にさまになっていた。学生時代、ラグビーで鍛えた体は、四十すぎてもゆるみひとつなかった。前任者が結婚で退職するので、ラグビー部のマネージャーにならないかと誘われたのがきっかけだ。

「和美ちゃんの相手は、やっぱりラガーマンだな。オレが部員の中から、これぞと思うのを探してやる」

などと言っていた男と結ばれたのは、リーグ戦の、準々決勝で勝った夜だ。男の汗のにおいは、若い男のそれとは違っていた。いったん体の中に沈み、しばらくとどまった後、体臭と共に香り立つ、そんなにおいだ。男のざらついた箇所で、そのにおいを嗅ぎながら、二十三歳の和美は、ああ、もうこれで別れられないと何度も思った。舌の奥にも、男は別のにおいを隠していて、それを和美に味わわせようとするかのように、いつまでもからめてくる。そんなやり方も初めてのものだった。

それから四年の歳月のことを、和美はよく憶えていない。すべてのことは原稿用紙に吐き出してしまったから、記憶は消滅してしまったのだ。そんなことは苦しまないための逃げ道だとわかっていたが、そう思わずにはいられなかった。

うまくやりとおしたつもりだったが、長谷川との仲は、やがてまわりの知るところとなった。数多くの嫌がらせやあてこすりの中で、若い和美は恋人だけを信じて生きようとしていた。そして筋書き通りの妻の怒り、そして男の裏切り。

「家庭というのは、やっぱりそんなに簡単に捨てられるもんじゃないんだ。わかってくれ」

という言葉を聞いた時、和美は泣いた。そして泣きながら、自分たちのことを書きたいと思った。

初めての小説「明るい窓の下で」は、こうして出来上がったのだ。

「『信じるって、何を信じればいいの』と私は叫んだ。『私を愛してるってあなたが言ったこと？　それとも奥さんと必ず別れるって言ったこと？　信じろって言うだけじゃ、女は何にも信じられないわよ』

岡田は悲しそうに笑った。男の人の悲し気な微笑というのを、私はあまり見たことがなかったので、少し胸が痛んだ。そのことによって私は隙をあたえたのかもしれない。いきなり資料棚に私は押しつけられた。パリから直輸入された『エル』や『ヴォーグ』が、私のからだの重みで、きしきしと鳴った。殺されるかもしれないという不安と、この場で愛されるかもしれないという期待とが、同時に私を襲った。そしてそれは後者の方が正しかった。強い力が私の下腹部を一撃した。それは中心部を探りあてようとする岡田の手だ。少しずれて、上の固い骨の上にあたった。パンティがストッキングごとずり下げられた。私の制服のスカートは濃い紺色だけれども、裏地は白いキュプラだ。それが花のようにいっぺんに開いた。口づけをすることもなく、岡田はいきなり入ってきた。きちんとスーツを着たまま、そこだけ露出している彼は、昔、女学生の時に電車の中で出会った痴漢のようだ。私はもしかしたら笑ったかもしれない。いきなり平手打ちをくらった……」

長谷川の妻が激怒したというこの箇所は、当然、社内でも問題になったらしい。らしい、というのは、この時既に、和美は会社を辞めていたからだ。中には、

「いくら何でも、昼日中に、資料室でセックスするほど大胆な奴はいないだろう。これは小説なんだから」

と彼を庇《かば》う重役もいたらしいが、長谷川は卑猥な好奇心の格好の餌食《えじき》になった。その年の秋には、さっそく地方の支社に飛ばされたのだ。

彼の心は未だにわからない。告訴してやるといきりたったのは、栄子の方だ。それをなだめ、懐柔してくれたのは、まわりにいる何人かの友人たちだった。

「私はあんな女に絶対負けませんせん。今別れたら、あの女の思う壺《つぼ》ですからね」

と栄子は何度も言ったという。

和美のしたことを復讐だという人は、むろん何人もいた。けれど、そう言われると、少し違うような気がするのだ。この人間を懲《こ》らしめたいと思う感情とは似ているようで少し違う。書きながら和美はさめている。憎しみのような激しいものではペンは進まない。それはもっと客観的な……、いや、いや、こんなことを言ってもどうなるものでもないのだ。いずれにしても長谷川夫婦は離婚し、和美はたくさんの人たちを傷つけてしまったけれどもそのことはあまり深く考えまいと思う。恵理子の言った「宿命」という言葉に甘えていこうと決心する。そうでなかったら、和美はどうしていいのかわからない。

その夜何度もためらった末、和美は病院で調合してもらった睡眠薬に手を伸ばした。あまり常用しないように言われていたが、この場合仕方がない。眠りにおちる寸前、和美は容子の書いた原稿のことを思い出した。もし、あれを燃やすことが出来たらきっと薬の世話にならずにすんだに違いないとふと思った。

「ロスアンゼルスというと、皆さんはきっと豪邸の並ぶビバリーヒルズのことを頭に思いうかべるでしょうが、実際に行ってみると、思っていたよりも小ぢんまりとしているというのが、私の印象です。主人も、『道から丸ごと見えちゃう家というのも、ちょっとなあ』などと、大胆なことを言います。人のこととなると、勝手なことは何でも言えるものですよね。最近は日本からの観光客も多いようですが、ここはバスが入って来れません。環境を重視する住民たちの要望です。このビバリーヒルズから、最近はお引越する映画スターも多いと聞いています。そんなことをお話しすると、日本からのお客さまは、ちょっとがっかりするのですが……」

あれほど馬鹿にしていた容子の原稿を、どうして恵理子に見せようなどと考えたのか、和美にはよくわからない。長谷川に対する自己嫌悪から逃れるためなのだろうか。それとも、二人で笑いとばすことによって、気分を晴らそうとでも思っているのか。

いかにも編集者らしく、恵理子は手早くページをめくった。

「そう悪くないんじゃない。いかにも奥さんの作文っていう感じだけれど、結構こういうのって味があるのよ。もうちょっと前なら、外国暮しをした駐在員の奥さんの手記って、すぐに本になったのよねぇ。でも今は駄目。ちっとも珍しくないから。中近東とかアフリカでも、この頃はどんどん行くからねぇ」

「そう、ロスなんていうのは、やっぱりありきたりなのかしら」

ともあれ、編集者に見せさえすれば、容子の気も晴れるはずだ。ところが、恵理子は意外なことを言い出した。

「もちろん、うちじゃ使えないけど、私の友人でタウン誌っていうか、地域の奥さん向けの情報誌をやってるのがいるのよ。あそこだったら、こういう原稿喜ぶかもしれないわ。ちょっと預っていいかしら」

「どうぞ、そうしてちょうだい」

自分でも意外なほど素直な声が出た。

恵理子から電話がかかってきたのは、それから五日後だ。

「あのね、あのロス帰りの奥さんの原稿、ＯＫになったわよ。一緒に載せる写真も欲しいんですって。この二百枚、八回ぐらいの連載にしたいって言ってたわ。私もヘェーッと思うくらい乗り気だったわ」

礼を言った後で、和美はさっそくプッシュ・ホンを押す。単純に容子の電話番号を教えてもよかったのだが、それでは自分への有難みが薄れるような気がするのだ。旧い友人を喜ばせたいという感情の奥には、現在の自分の力を誇示したいという喜びが混じっていることを、和美は見逃さない。いつのまにか、自分の胸の内を、自分で分析する癖がついているのだ。

「なに、よく聞こえないのよお」

のっけから容子は叫ぶ。

「すごい音でしょ。おとといから工事が始まっているのよ。ブルドーザーで木を倒したりしているから、もう大変なの」

下馬の夫の実家というのは、どれほどの広さなのだろうか。そこで奥さま然と振るまっている容子を、たやすく和美は思いうかべることができる。

——主婦の手なぐさみを、売り込んであげたのは、この私なのよ——

「そういうことで、写真にキャプションもつけてくれって言ってるわ」

「キャプションってなあに」

「要するに説明文よ」

「まぁ、大変、うまくできるかしら」

容子はひどくはしゃいでいる。

「ねえ、また会ってくれない」

「もう、これ以上の売り込みはむずかしいわよ」

「そんなんじゃないわ。いろいろ相談したいことがあるのよ……、あら、ちょっと待ってちょうだい……お姑《かあ》さま、違いますったら、水色のパジャマの方を着せてくださいな……あ、ごめんなさい。うちの子がちょっと熱出したもんだから、いま寝かしつけてるところなのよ。あ、とんでもない。切らなくっていいのよ……、こら、リョウちゃん、いけません」

　こうした電話は、和美を最もいらだたせるものだ。それでも一分間、辛抱強く待った。

「ごめんなさい……。ね、今度私にご馳走させてくれない、原稿料をもらったつもりになって、二人で祝杯でもあげない」

「いやね、タウン誌の原稿料が、いったい幾らだと思ってるのよ。あなたのように、お金持ちの奥さんから見れば、笑っちゃうような金額よ」

　しかし、こうした皮肉が通じるような相手ではなかった。

「お金なんか問題じゃないわ。カズは私の夢をかなえてくれたんだもの。ううん、まだ夢じゃないわね。夢の第一段階ってとこかしら」

「あら、その夢っていうのは何なのかしら」

「もちろん、一人前の作家になることよ」

　和美はしばらく言葉が出てこない。皮肉を言うことにも疲れてしまったのだ。

　それなのに和美は再び会うことを約束させられる。抗《あらが》うことの出来ない何かが、いつも容子から発せられるようなのだ。

――私は見せびらかすチャンスを待っているのかもしれない――

容子は和美の現在の生活に、ひどく憧れているらしい。それはよくわかる。しかし、まだ和美は、決定版ともいえるシーンを、一度も彼女に見せていないのだ。サイン会に行けば数十人が行列をつくってくれる。街を歩いていれば、ごくたまにだがサインをねだられる。そんな自分の姿を、容子に見せたいという誘惑に、和美はうち勝つことができない。子どもじみているのは、自分でもわかっている。けれども昔の同級生に対しては、女はすべて少女のような虚勢を張るものなのだ。

和美は例の引き出しを開けた。行くまいと決めていた招待状の中に、大倉優子の名前を見つけた。二年前にミステリー作家としてデビューした彼女は、和美よりも三つ年上だが、その華やかな美貌には定評がある。寡作というよりも、たくさんの作品を書く才能も意欲もあまり無いらしいというのが、意地の悪い編集者たちの見方だ。テレビのレギュラーを持ったり、雑誌のグラビアを飾ることは多いが、まだ本は四冊しか出ていない。だが、マスコミにおける人気は大変なもので、今度の五冊めの出版記念パーティーは、大規模に都内のホテルで行なわれることになったのだ。発起人には、俳優や有名作家が名を連ねている。そういい気分になれるわけもなく、欠席の返事すら出しておかなかったことが幸いした。和美はこの催しに、容子を誘おうと決心する。

「え、いいの。本当にそんなところ」

案の定、容子は嬉しさをあらわにする。

「私なんかが行ってもいいのかしら。だいいち、招待されてないわよ」

「平気よ。これはホテルの大広間でやるにぎやかなパーティーなのよ。人が多いほどいいの。会費さえ払えば喜んで入れてくれるわ。それに私の連れっていうことにすればいいんだし」

会費は一万円となっているが、容子にはどうということもない金額だろう。和美はホテルで見た、彼女のしゃれた服装を思い出した。

「どうしよう、有名な人もいっぱい来るんでしょう」

「そういえば、井上修吉も発起人になってたわね」

「まあ、すごいわ……」

電話の向こう側で容子は絶句する。

「私、今もあの人の本、全部読んでるのよ。遠くからでもいいから、見てみたいわ」

「じゃ、行きましょうか」

「カズ、ありがとう。本当に私、嬉しいわ」

容子はまるで、少女のような声を出した。

約束した喫茶店に行った時も、容子はすでに椅子に座っていた。トルコブルーのスーツは、胴のあたりがキュッとすぼまっていて、十分流行にかなったものだ。ふつうの女なら、無難に真珠でも組み合わせるところだが、シルバーのおもしろい形のネックレスでひき締めている。アメリカの前衛作家のものではないかと、和美は見当をつけた。

「いいのかしら、こんな格好で……。パーティーだったら、もうちょっとあらたまったものの方がいいかと思ったんだけれど……」

「十分よ、それで。この業界の人たちは、パーティーといっても、ラフな格好してくる人が多いから」

素っ気なく言う和美は、黒いシルクのワンピースだ。たぶん容子は、今日も派手な色彩のものを着てくるに違いないと見当をつけていた。

「カズ、お願いだからずっと側《そば》にいてね。私、朝から胸がドキドキしてしまって」

店を出ると、ひんやりとした空気が肌に触れた。日が暮れるやいなや、秋の天候はすばやく変わる。

「昼間は暑いぐらいだったのにね。なんだか寒いわ……」

ビルごしの空を仰ぐようにする容子の目は、相変わらず斜視がかっている。けれども二十歳の時と違って、そこには巧みに入れられたアイシャドウとラインがあった。男たちが昔騒いだ彼女の目は、さらにその威力を発揮するかのようだ。それでもなお容子は、内気さを装う。

「本当に私なんかが行ってもいいのかしら。何の関係もない普通の主婦なのに」

「そんなことないいんじゃない」

いつのまにか、容子をもてあそぶことが楽しくなってきていることに和美は気づいている。

「あなただって物を書き始めている人じゃないの。ちゃんと原稿料をもらっているんだからプロの一種よ」

容子の顔に喜びが満ちてくるのを、和美は見逃さなかった。

喫茶店の角を曲がってしばらくすると、ホテルの玄関に出る。エレベーターは、パーティーの客で埋まった。テレビでよく顔を見る映画評論家が、早々とマフラーを首に巻いて、隅に立っているのが見えた。五階に到着する。まず花の香がにおった。まるで劇場の初日のように、たくさんの飾り花が置かれていた。受付に、顔見知りの女性編集者を見つけた和美は、わざとぞんざいな口調で言う。

「返事、出すの忘れちゃったけど、来ちゃったわ。構わないでしょう」

「もちろんです。笠原先生に来ていただけたら、大倉先生も大喜びですわ」

「それから、私の友だち。物を書く人だから連れてきちゃったわ」

「どうぞ、どうぞ」

デパートの売り子と一緒で、職業的笑顔が身についたその女は、表情を崩さないまま記帳用のペンをさし出す。

「すごいわ、カズって先生なんて呼ばれちゃうわけ」

ボーイがさし出す酒を受け取りながら、容子は目を見張る。

「たまによ、たまにね。そもそも、〝先生〟っていうのは、この世界の慣用句なんだから、たいして意味はないのよ」

「それにしても、驚いちゃったわ」

ステージでは、ちょうど大倉優子が挨拶しているところだった。ピンク色のカクテルドレスが光って見えるのは、ライトのせいばかりではない。取材のカメラマンが何人か来て、フラッシュを焚《た》いているのだ。

ざっと三百人はいるだろうか。優子の書いたものは、すべてドラマ化されているから、文壇関係に混じって芸能人の姿も目をひいた。人気女優が、気軽な様子でカクテルグラスを持っていたりする。

「ねぇ、あの人、北村絵里じゃない。その隣りにいる人、このあいだ芥川賞とった、武藤秀夫っていう人じゃない、きっとそうよ」

容子は、すでに氷が溶けた水割りのグラスを持ったまま立ちつくしている。フラッシュが重点的に焚かれている場所があった。さっきステージから降りてきた優子のまわりだ。それが特徴の薄い色のサングラスをかけた井上修吉が、何かしきりに話しかけているのを、カメラマンがとり囲んでいた。

「あなたのお目あての、井上先生よ、ほら」

そう言わなくても、容子はその方向をじっと見つめていた。頬が上気している。焦点が多少ゆらぐ目だが、彼女の視線は一人の男だけに向かっているのがわかった。

「井上先生」

優子と別れ、中央に向かって歩きかけた井上に、和美は声をかけた。バーで一度紹介されただけの仲だが、この場合、和美が挨拶するのは不自然ではない。むしろ当然の礼儀だ。容子を意識しながら、軽く頭を下げる。

「いつぞやは失礼いたしました。お久しぶりでございます」

「いやあ、笠原さん」

若手を熟知していることを、自他共に認めるこの作家は、機嫌よく笑いかけた。

「お元気そうですね。あなたがこのあいだお書きになった『小説サンデー』の……」

彼は一瞬眉をひそめる。どうやら題名を忘れたらしいのだ。しかしそれは、和美の自尊心も、彼の名誉も全く損うものではなかった。

「あれはとってもよかった。若い人で、なかなかああいうものは書けませんからね」

「ありがとうございます」

「これからも頑張ってくださいね。期待していますから」

効果は予想以上にあった。井上がグレイの上着の背を見せて、五、六歩遠ざかったとたん、容子がとびついてきたのだ。

「すごいわ、井上修吉と話をするなんて。私なんか、横で震えちゃった」

「あの方はとっても気さくなのよ。誰に対してもあんな感じよ」

自分のしたことに、心のどこかで照れていた。少し乱暴にオードブルを皿に盛っていると、やあと後ろから声をかけられた。雑誌の編集長の竹居だ。和美はここに一年前から小説を連載していた。

「いつもお世話になっています」

先に頭を下げたのは竹居の方だ。親しくない分、丁重にふるまう。

「そのうちに、お食事でもご一緒にいかがですか」

「ぜひ、お供したいですわ」

「じゃ、担当の藤井にアレンジさせておきますから、時間をつくってください」

ところがものの三分もしないうちに、当の藤井がやってきた。和美と同じ年齢《とし》の彼は、ぞんざいに笑いかける。

「この後、どうすんの。オレたち、編集長なんかと、銀座に流れるけどどうする」

「今日はやめとく」

「あ、そう。また電話するわ」

彼が遠ざかるやいなや、見知らぬ男が名刺を片手に微笑みかけてきた。

「笠原先生でらっしゃいますね。当方は弱小出版社でございますが、ぜひお見知りおきのほどを……」

引き出物を手に、ホテルから出た時、容子は感にたえぬように、首を何度か振った。

「カズってすごいわ。私、びっくりしちゃった。あんなにたくさんの人がやってきて、声かけられて、それで堂々としているんですもの」

「慣れよ、慣れ」

おどけて見せる和美の耳に、今日何度めかの容子のため息が聞こえた。

「私も書いてみたい……」

「書けばいいじゃないの」

「そうなの。私もいろいろおもしろい人生を歩んできたと思うし……」

この不遜《ふそん》とも言える言葉に、あやうく和美は笑い出すところだった。けれども必死でこらえる。

「何て言うのかしら。つらくって、空しくってたまらないことがいっぱいあったわ。そんな時、書くことができたら、どんなにいいかしらと思った。そうよねぇ、自分を表現するっていうのは、他のどんなことより素晴らしいことよねぇ……。今日、大倉さんとかカズを見ていて、つくづく思ったわ」

「だから、そういうことを書けばいいのよ」

「えっ？」

「あのねぇ、アメリカの生活がどうのこうのって書いても、読む人はそういないのよ。物を書こう、人に読んでもらおうと思ったら、何かを差し出さなきゃ」

「差し出す？」

「だからね、あなたみたいな幸福な奥さんが、安全なところにいて、楽しい生活のことを書いたって、おもしろくも何ともないでしょう」

次第にいらだってくる自分に和美は気づいた。容子といると、おかしみといらだちが、かわるがわるやって来る。

「綴り方教室じゃないんだから。あのね、私たちプロっていうのは、一応からだを張ってるのよ。そこまで書かなくたって、と人が思うようなところまで晒《さら》け出してね、自分の内臓をえぐり出してね、そのくさいとこを人さまにお見せしてるわけよ。自分も傷つけて、人も傷つけることはしょっちゅうよ」

長谷川とその妻の顔が、不意に浮かんだ。

「そんなことしなきゃ、小説って書けないものなの」

「大倉さんみたいにミステリーとか、ＳＦ、ストーリーテラーって言われる人は別かもしれない。だけどね、一応ゼニをとるようになるには、やっぱり何かを差し出さなきゃね」

どうして容子といると、いつもこれほど露悪的になるのだろうかと、舌うちしたい気分になる。

「まあ、あなたに言ってもわからないだろうけど。自分が傷つかないでいようと思ったら、いつまでたっても、主婦の手なぐさみよね」

交差点に来た。タクシーを止めようと和美は手をあげる。地下鉄に乗る容子とは、ここで別れるのだ。

「ねぇ、カズ」

思いつめたような表情で容子は言う。

「私、ちょっと練習してみる。また書いたら読んでくれるかしら」

「もちろんよ」

自分でもそらぞらしい言い方だと思った瞬間、走っていたタクシーがすうっと身を寄せてきた。


あれはいつだったろうか。しょっちゅう紺色のスカートを着ていたのを憶えているから十九歳の時だ。あのスカートは、その年の夏に買って、毎日のように着ていたものだ。容子と好きなスターの話をしていたような気がする。

「でも、あんな男に抱かれたくはないわ、絶対よ」

容子がきっぱりと、和美が贔屓《ひいき》にする男優を否定したのだ。

「朝起きて、ベッドの傍に、あんな男の人が寝ているかと思うとぞっとするわ。私、男の人を選ぶ時、この人とは朝までいられるかどうかっていうのを、まず基準にするわ。一回や二回の遊びならともかく、朝、もう一度抱かれたいと思う男じゃなければ、絶対について行ったりしない」

衝撃をうまく隠すには、和美は幼すぎた。

「じゃ、容子って、そういうことが何回もあったの？」

「そうでもないわ。一回こっきりの人となんて、そう何回もあるもんでもないでしょう」

質問をはき違えたらしく、容子は見当はずれのことを口にした。

「そういうことじゃなくて……」

和美はもじもじする。

「あぁ、バージンじゃないっていうこと？　それは当然そうね」

「幾つの時から」

「十六の時が初めてよ。あらっ、カズったらもしかして……」

容子は斜視特有のやさしいまなざしで見つめたが、そこに勝ち誇った色がうかぶのが口惜しかった。いつだって、先に男を知った女は、こういうふうに傲慢になるものだということを、その時の和美はまだ知らなかったのだ。

「どうせなら、早めにしてみればいいじゃないの。結構楽しいものよ」

容子は、だるそうに笑う。その笑顔を見たとたん、和美の胸に軽い吐き気にも似た感情が押し寄せてきた。

――どうして私が、この女に負けなきゃいけないの――

容子などと比べものにならないほど、はっきりした大きな二重の目だ。しかもそれは決して視線がずれたりはしない。重たげなからだのわりには、高校時代、水泳で鍛えたはつらつとした肢体がある。心の中で密かに軽んじていた女が、自分よりずっと早く、そのことを知っていた。しかも、それをこともなげに告げる。

容子はワンピースを着ていた。二の腕は、そうあるべき縦の線から少しはみ出していて、やわらかくいまにも崩れ落ちそうだ。それを見ていると、容子という女が、肉体が、たとえようもないほど得体の知れないものに感じられ、和美は思わず目をそらした。

それから一週間もしないうちに、和美は〝合コン〟で知り合った男子学生と初めての経験を持った。容子のことを、たぶん女の子に嫌われるのではないかと言った、早稲田の露文の学生だ。学生が容子に向けて発した言葉の鋭さから、和美はあまりにも多くのことを、この男に要求していたに違いない。けれども、そのこと自体はあっけなく、別にどうということもなかった。下腹部の鈍い痛みと、自己嫌悪だけがいつまでもぐずぐず残っただけだ。

「ねぇ、いい初体験をしなかった女の子って、相手のことは恨まないけれど、それをそそのかした同性のことは、いつまでもしこりになっていると思わない？」

気がつくと、傍にいる坂田に話しかけていた。自分の考えにふけると、その中の会話をつい口にしてしまう癖が和美にはある。それを知っている坂田は、さもおかしそうに笑って、手を伸ばしてきた。

「どうしたんだよ。おおかた昔の男のことでも考えていたんだろう」

「違うわよ。昔の同級生に会ったの。それで久しぶりに、いろんなことが思い出されてきて」

「なにィ、初体験だって、いったいお前さん、何年前の話なんだよ。冗談じゃないぜ」

和美のゆるくアップにした、後れ毛をいじる。白い変わり織りのワイシャツが、いかにもしゃれていた。大手の広告代理店で、かなりの要職にある彼は、もちろん妻も子どももいる。長谷川との一件以来、妻帯者はこりごりだと自分でも思った。けれども、自分に合った年齢の独身の男たちと、何回か恋愛を繰り返した後、また和美は坂田のような男を求めていたのだ。

ありきたりの恋愛をするよりも、こうした障害の多いつきあいの方が、はるかに自分に合っていると和美は思う。たとえば、小説の中に、不倫の場面を入れる時、女の気持ちが手にとるようにわかるのだ。妻がいる男に対しての嫉妬は、ストレートに発散されることがない。じわっと内部で屈折し、けなげさとなって現れたり、あるいは芝居じみた冷淡さになることも初めて知った。

もちろん、坂田を小説を書くための材料と思ってはいない。けれども心の中で、いつも別の和美が、きちんとメモを持ってうずくまっている。男と寝る時でさえもそうだ。

「さあ、おいで」

妻子ある男との恋は慌しい。さっきまで二人でビデオを見ていたかと思うと、すぐにベッドに行かなければならない。すでにどちらもシャワーを浴びているから、そのまままっすぐに向かう。

ベッドの傍で、男は和美のバスローブを立ったまま脱がせる。この時、いつも生真面目な表情をするのがおかしかった。

そして和美を最後の一枚だけにして、からだのあちこちに唇を押しつける。時には歯を立てることもあった。その合い間に、両手もゆっくりと動いて、ウエストや太ももにある、和美の喜ぶ箇所を丁寧に撫でる。そしてしばらくして、ひょいと思い出したように、いきなりショーツに手を入れてくるのが、男のやり方だ。

和美の、たっぷりと溢れてくるものについて、男はよくからかう。その時間があまりにも早いと言うのだ。そして卑猥な擬音をいくつか口にしながら、すばやく指を動かすので、この時すでに和美は、軽く到達してしまうことが多い。

そうして、いったん女を満足させた後で、男はおもむろに、自分のお楽しみにかかる。ほとんどの男がそうであるように、坂田も和美の唇と舌を望んだ。わざと和美を、自分の腹の上にあげようとするのもそのためだ。

根元まですっぽり握ると、男のそれはさらに力強く屹立する。黒ずんで不思議なてりがあるそれを、愛らしいとか美しいとか思ったことは一度もない。けれどもさも大切そうに、和美はしげしげと見つめる。舌の先ではじく。

そしてもう一度眺める。何百回、何千回となく、さまざまな小説に描かれたことを、さらに新しい自分の言葉で表現するすべはないのだろうか。人々がハッと胸を衝《つ》かれる、新鮮な比喩はないものだろうか。

根元にあるいく重もの皺、その先端のなめらかで弾力のある皮膚、見れば見るほど奇妙なかたちをしている。けれどもそれは表現次第で、いくらでも甘美なものに変えることができるのだ。

坂田がかすかに腰を動かす。早くしろと焦れているのだ。後ろめたい感情が、初めて和美の胸にわく。こんなふうに男の性器を見つめる自分を、あさましいとも哀れだとも思う。

謝罪の意味も込めて、和美はきつく頬ばる。感にたえぬように、髪を左右に動かしながら……。けれども舌は、和美を裏切り、皮膚の温度を確かめようとしていた。

秋がすぎ、初霜が降りたとニュースが告げた日、ずっしりと重い郵便物が届けられた。中には原稿用紙が三冊入っていた。容子からだ。

「このあいだあなたに言われたとおり、綺麗ごとを書いていては、人に読んでもらえるような文章はできないのだと痛感しました。

それでロスに居た時、いろいろ感じたことを正直に書いたつもりです。読む人が読めば、あぁ自分のことだとか、誰それさんのことだとかすぐにわかると思うのです。だから、もしどこかに発表してくださるようなことがあれば、ペンネームを使いたいのです。私は、そちらの世界のことがよくわからないから、そのあたりのこともぜひ教えてください。

勝手なことばかり言って申しわけないけれど、先輩のあなただけが頼り。どうぞよろしく。しばらくしたら電話するわね」

本当に勝手なものだと、和美は舌うちする。忙しいのに生原稿を読むのは大変だと言って送り返そうかなどと一瞬思った。しかし、知らず知らずのうちに手が伸びている。

他の女の人生を覗き見するような気分なのだろうか。容子のその原稿は、意外なほど飽きさせなかった。

「ロスの日本人社会、特に女性を牛耳っていたのは、A銀行支店長夫人だった。本来なら総領事夫人がトップに立つのだろうが、あいにく総領事は単身でいらしていた。だから、自然にトップレディの座は、この支店長夫人に決まったのだ。

私の友人のマチコさんは、この夫人が大嫌いだと言う。マチコさんは、いわゆる留学生くずれで、最初は英語の勉強をしにここロスへやってきたのだ。けれども途中で挫折した時に、今のご主人と知り合った。ご主人はアメリカ人で、小さなレストランを経営している。ここのお料理は安くておいしい。そしてきびきびとメニューの注文をとったりするマチコさんも魅力的で、私たちはすぐに仲よくなった。マチコさんは言う。『あの奥さんって、私たちのこと、徹底的に軽蔑しているのよ。すぐにわかるわ。こちらの男と結婚した女なんて日本人じゃないと思っている。このあいだだって、ジャパン・デイズのパーティーの時、どんなめにあったか』……」

この他にも単身赴任の淋しさから、現地の女性と恋におち、ひと悶着《もんちゃく》あった商社マン、グループぐるみで浮気をするメーカーの駐在員夫人たちの話が出てくる。三浦和義の事件が起こった時に、人々がどんなふうに噂をし合ったかも、丁寧に書かれていた。文章はお世辞にもうまいとは言えないが、最初の「アメリカ日記」よりははるかにおもしろい。海外での日本人社会がいきいきと描写されているのだ。

和美はこの原稿を、前回のように恵理子のところへ持っていった。これなら使えるかもしれないというのが彼女の意見だった。

「うちの『月刊女性読物』だったら、喜んで使うかもよ。あそこって毎月、読者の投稿ドキュメントをやってるけど、いいものが集まらないって、いつも担当者がこぼしてるもの。ちょっと長すぎるから、短くしてもらって……、多少リライトもしなきゃね」

その場で担当者に電話をかけて、何やら話していた。

「それにしても、あなたって本当に優しい人ね。昔の友だちが、もの書きたいなんて言っても、私だったら相手にしないわね。それなのに、なんだかんだ言いながらちゃんとめんどうを見てやるんだもの。女の物書きっていうのは、普通、もっと嫉妬深いはずだと思ってたけど」

「あの人は特別なのよ」

和美は用心深く笑った。

「本当に書きたいって思ってるんだもの、応援してあげなくっちゃァ、それに……」

にっこりと笑う。

「私、あの人を私と同じようにしてあげたいの。物書きになりたいって言うんなら、そうしてあげたいの、本当に。いっぺんなってみれば、それがどういうものだかわかるはずよ」

〝いっぺん〟という言葉の意味を、恵理子はもちろん、和美自身もその時は気づいてはいなかった。それがわかったのは、それからずっと後だ。

一週間もたたないうちに、容子から電話がかかってきた。公衆電話らしく、とった時にブザーの音がした。

「もし、もし、私よ。いま『女性読物』の編集者の人と会っていたところ。とっても楽しかったわ。私の書いたもの、いろいろ誉めてくれて……。あ、いま暇かしら。銀座まで来ているの。ちょっと寄ってもいい？」

はずんだ調子でまくしたてられて、ＮＯというきっかけを失《な》くしてしまった。が、和美の方にもおかしな感情がある。容子に会わずにはいられないのだ。容子の驚喜しているさまを、この目で確かめたいと思うのだ。

四十分後に、ラクダ色のコートを着て容子は現れた。下はグレイのジャケットで、いつもより地味だが、大きなイヤリングをしていた。白と黒のそれは、彼女が動くたびに大きく揺れる。ケーキの箱を手にしていた。銀座の有名店のものだ。

「それよりも、お酒にしましょうよ」

和美はウイスキーの栓を開けた。容子がそう嫌いではないことは、学生時代から知っている。

「どうしようかしら、うちになにも言ってこなかったわ……。でも、特別な日だし、そうよねえ」

しばらくためらっていたが、電話に手を伸ばした。

「もし、もし、お姑さまァ。申しわけございませんけど、ちょっと急用ができまして……。いいえ、ちょっと昔の友人のところへ来てしまったもんですから……はぁ、申しわけございません」

そんな会話をして受話器を置いた後、和美に聞かれていた照れかくしからか、容子はチラッと舌を出す。

「いまね、お姑さんとちょっとやり合ってるもんだからおカンムリだったわ」

「あら、あら」

「もう、嫌になってしまうわ」

深くソファに腰かけたはずみに、スカートがめくれた。顔よりも足の変化の方が激しかったかもしれない。学生時代、容子は見事な大根足だったはずだ。ハイヒールのせいもあるだろうが、いま暗いストッキングにおおわれた足は、ほっそりと洗練されている。

「上の子の学校のことで、あっちの両親ともめてるのよ。ロスで日本人幼稚園に入れてたんだけど、あのコ、日本語がちょっとおかしいのよね。だから私としては、アメリカンスクールに入れたいんだけど、親はとんでもないって言うの。近くに有名私立があるんだけど、そこは帰国子女が多いから、どうしてもそこに入れろってねえ」

　こういう種類の話は、和美にとってはむしろ新鮮だ。異星人の会話を聞くような感じさえする。

「うちもまだまだ出来上がらないし、当分は同居生活よ。ま、こういう遅くなる日はいろいろ助かるけれど」

　絵に描いたような幸福な人妻がそこにいる。けれども、どうしても腑《ふ》におちないことが和美にはあった。それは、してはいけない質問ではないかと、心の中で反芻《はんすう》する。

「とにかく飲みましょうよ。容子の初仕事に乾杯。あ、初仕事じゃないわね。タウン誌にも連載していたんだし」

「タウン誌はタウン誌よ」

　容子は早いピッチで水割りに口をつける。

「今日、しみじみと思っちゃった。やっぱり大きい出版社っていいわあー。編集者もぴしっとしてるし。今度は、ちゃんとした署名原稿をお願いしますって言ってくれたの」

「まあ、よかったじゃないの」

「ホント。なんだか知らない世界が、パァッって拡がったような感じ。私がずーっと夢みてたものに、一歩一歩近づいているって気分」

「そう、そりゃ、おめでとう」

容子のグラスにウイスキーを注ぐ。今夜、ある謎がとけるのではないかという思いが、いつのまにか生まれていた。

「でもね、私、夢は大きいんだ。こういう手記じゃなくて、ちゃんとした小説書くのよ。カズみたいに。編集者の人も、あなたなら書けるって言ってくれたのよ」

「そうよ、今が正念場よ。容子、どんなことがあってもチャンスをつかむのよ」

二人の目が合った。うふふと容子はグラスをかざし、顎をしゃくる。酔いがまわってきたらしい。女が女の自分に対して、これほどの媚《こ》びを見せるのを初めて見た。それともこれが、容子の自然な姿かもしれない。

「あーあ、カズ、私、思うわァ。十代、二十代の頃、私ってすごくいっぱい恋愛してたのよねぇ」

「それは知ってたわ」

「男がいっぱい寄ってきて、死ぬの、生きるの、いろいろあって……。こんなこと言っちゃなんだけど、あなたと一時期つき合ってた早稲田の露文の男、すぐに理屈こねるあいつ、あれもあたしに言い寄ってきたのよ」

「知ってたわ、それも」

「あの頃のことを書けたら、どんなにいいかしらん。当分は恋愛小説のネタには困らないと思うのよ」

「書けばいいじゃないの」

穏やかな声が出た。

「あの頃のことを、いっぱい書けばいいじゃないの」

「あーら、駄目よ」

派手な声をたてて、容子は座り直す。酔いのまわった斜視の目は、重みを持って、またあらぬ方に向いていた。

「私は奥さんだもの。子どもだっているのよ。昔の恋の話なんか書けるはずないじゃないの」

「それだったら、作家になろうなんて考え、捨てた方がいいわね」

和美はきっぱりと言った。

「すごいポルノ書いてたって、人妻の女流作家はいるわ。小説だから、フィクションだからって、すべてのことは許されるのよ。現実と混同する人なんて、そんなにいるもんじゃないわ」

「そうかしら」

「そうよ。何度も言ったでしょ。自分の中のどろどろしたものを吐き出さなきゃ、小説なんて書けないって。まあ、あなたみたいに幸せな奥さんに、ドロドロなんて何もないでしょうけど」

「私が？　幸せ？　えへへへ……」

容子はグラスの縁をぷちんとはじいた。歯を見せないで、鼻だけで笑う。彼女を形容する言葉をやっと思い出した。

「妖艶」これは人妻の色気という種類のものではなかった。幸福な人妻だったら、これほど無節操な美しさを持たない。

和美は、さっきからためらっていた質問をすることにした。

「ねえ、前から聞きたかったんだけど」

「はい、どうぞぉ」

おどけて首をかしげる容子だ。

「あなたみたいに恋愛をいっぱいして、華やかに生きてきた人が、一人の旦那で満足できるものなの？　そういう女って、どういうことを考えながら生きているものなの？」

「子どものことだけ」

即座に答えた。

「子どもだけを生き甲斐にして、これから先も生きていくんじゃないの。たぶんね……、ねえ、気づかなかった」

突然、何かに操られたように、姿勢を正した。

「私が夫のこと、何も言わなかったこと」

「自慢話になると思ったからでしょう」

「違うわ、うふふ」

唇だけを動かす笑いだった。

「私たち、ずっと夫婦生活がないのよ。本当よ。彼が駄目なの。出来ないのよ」

「………」

やっとすべてのことがわかった。容子の不可解な美しさについてだ。決して実ることのない隠花植物のようだと譬《たと》えればいいのだろうか。和美の心の中でせわしくメモ取りが始まる。

「私も大変だったけど、あの人もロスでいろいろあったの。下の子どもが生まれたあたりから、ストレスでどうしても駄目になってしまってね。お医者さまにも行ったのよ、あの人。そうしてる間に、私と駐在員の誰それが怪しいとか噂がたってね。もちろん私は何もしやしなかった。我慢したっていった方が正しいかもしれないけど。その時よ、あの人が暴力ふるうようになってね。日本に帰ってきて、両親と暮すようになったら、大分おさまったけど、そのかわり、嫉妬がすごいの。まるで地獄みたいな時もあったわ。そのたびに私は決心したの。子どもだけを心の支えにして生きていこう。夫はいないものだと思おうって……。でも、心でそう納得しても、女ってそんなに素直になれやしない。つらいわぁ……、本当につらいのよぉ」

「容子！」

和美は叫んだ。

「えっ？」

「いま言ったこと、そのまま小説になるじゃないの」

「あなただけにしか書けないテーマじゃないの。ロスでどうしたこうしたっていうレベルじゃないわ。いま、あなたが見ている地獄だもの、迫力が違う。どうしてそれを書かないの。それを書かなきゃ駄目よ」

「そんな、そんな……」

容子は目を見開いた。焦点がしっかり定まっている。

「書けるはずないじゃないの！　夫と私だけの秘密なのよ。そんなことしたら、あの人を傷つけてしまう」

「小説を書くのよ、容子。つくりごとの世界に入っていくのよ。テーマはそのとおりでも、うまく書けばいいの」

「でも、やっぱり不可能よ。主人に知られたら大変だもの」

「ペンネームを使えばいいじゃないの。ねえ、あなた、作家になろうって決心したんでしょ。チャンスは目の前にある。イチかバチかっていう時に、とびつかなきゃ駄目。物書きなんてね、自分はもちろん、身内ごと傷つけて生きていくんだから、そのくらいの覚悟がなくて、どうして物を書いていこうなんて思うの？」

「そうかしら」

やや間の抜けた返事をする。

「そうよ。とにかくいっぺん書いてごらんなさい。発表する、しないは別にして、心にたまった膿《うみ》を吐き出すのよ。わかる」

和美は実に優しく、容子の肩を抱いた。

「ロディオ通りで、私とKが腕を組んで歩いていたと、誰かから夫は聞いてきたらしい。帰ってくると、ものも言わず、私を殴った。頬を押さえて私はソファにうずくまった。『この売女《ばいた》、オレにどこまで恥をかかせば気がすむんだ』日本では決して使わなかった言葉を夫は吐く。取り引き先で英語を使うことが多いため、とっさに日本語が出てこないことがたまにあった。そんな時、夫はむむっと口惜しそうに眉を寄せる。それなのに私をののしる言葉だけは、いくらでも湧いてくるらしい。『この淫乱女、売春婦。このあいだは、白人のでかいのも、家にくわえ込んだっていう噂じゃないか』これ以上汚い言葉は無いと思われるほど、次々と呪咀《じゅそ》の言葉をまきちらした後、夫は私のスカートに手をかける。そして下着ごとずり下げるのだ。不能になってから、夫は決してまともなかたちで私を抱こうとはしない。必ず後ろからだ。けれども私の尻にあたるものは、いつまでたっても固さを持たない。いらだたしげにそれは押しつけられ、やがて遠ざかる……」

「もしもし、笠原さん、それでね」

恵理子の電話の声は、実際の彼女の声よりも低く聞こえる。

「あの『カリフォルニアの夢』ですけどね、やっと載せるのをOKしてくれたみたい。

どうしても発表するのは嫌だなんて、ひと悶着あったけど、結局は許したんですって」

「そうでしょうね。なんのかんの言っても、雑誌に自分の書いたものが載る。その誘惑にうち勝つことってできないものね」

「だけど笠原さんって、本当に優しい。『女性読物』の編集長も感心してたわ。女同士の友情って、眉唾だと思ってたけど違うなあって。一方はいいとこの奥さんにおさまってて、しかも今流行の〝書きたがり病〟。それなのにちゃんとめんどうをみてやるんだもんなあって……」

「あたり前じゃないの」

和美は言った。

「私、あの人を私と同じようにしたかったんですもの」

「それが偉いって言ってるのよ」

「そう、そう、悪いけど、掲載誌が出たら、私のところへ二冊送ってくれない。一冊、送ってあげたいところがあるから」

受話器を置きながら、容子の夫の会社の住所は、電話帳ですぐわかるだろうかと和美は、ふと考え込む。

解説

内藤麻里子

林真理子という作家は、一九八四年、『星に願いを』で小説家デビューしたときには、既に手練れであった。老成していたと言っていい。本書『トライアングル・ビーチ』を読んでいて、つくづくそんな思いを新たにした。

収録されている六編は、八七年から八八年にかけて発表された。林さんが三十三歳から三十四歳に当たる時期だ。それぞれの物語の主人公もほぼ三十前後の設定。発表前の八六年に「最終便に間に合えば」「京都まで」で直木賞を受賞しており、そういう作家に言う言葉ではないかもしれないが、とても同世代を書く手つきではない。酸いも甘いもかみ分けたずっと年上の作家が、人生の秘密を明かしてくれるような風情を漂わせている。

もちろん一方で、その年齢だからこそ書けた瑞々しい官能にあふれてもいる。若さゆえの性の悦び、熟し始めた性の馴れ合いが濃厚に匂い立って、思わずため息をついてしまいそうな短編集である。

本書は、九一年に文春文庫で刊行された『短篇集　少々官能的に』を改題した新装版である。旧版のタイトルが単純にストレートなのは、時代性もあったろうか。

出版市場は九六年をピークに下落を始めるが、それまでは本や雑誌は娯楽界に君臨していた。初出は収録作中四編が『オール讀物』、一編が『小説現代』、残る一編が『週刊文春』となっているが、雑誌は今とは比べものにならない部数を誇っていた。『オール讀物』『小説現代』などの小説誌にはグラビアがあり、対談や企画記事も多く、そして小説は短編が定番だった（蛇足だが、『小説現代』は一年半の休刊を経て二〇二〇年、長編小説の一挙掲載を目玉にするリニューアルを遂げた）。当時は人気作家であればあるほど、短編の執筆を求められたのだ。林さんはデビューの初めから注目を集める人気作家だった。タイトルに凝るよりも、どんな内容か一目でわかる方が読者の反応がよかったのだと思う。林真理子の官能的な小説を集めた一冊、ということが伝われば十分だったのだろう。

それはともかく、物語の舞台に多彩なシチュエーションを用意しているサービス精神には見とれてしまう。しかも今から三十年以上も前（！）に書かれたのに、少しも古びていない。普遍性を帯びているのである。なぜならば、そこに描かれている女の心情やディテールに、生きていればこそ放たれる、きわめて人間臭い本音、本質が潜んでいるからだ。

「作家の目」「作家の耳」というものがあることをご存じだろうか。日々、身の回りで起きた些細な出来事、人々の何気ない会話を、作家という人種は克明に記憶に刻みつけるものなのだ。

ある時、林さんと二人で喫茶店でお茶を飲んでいた。取り立てて打ち合わせをしていたわけではなく、忙中閑ありのような時間で、漫然と雑談していたと思う。隣の席に二、三人の女性客がいた。彼女たちが席を立った時、「隣の人たちの話、面白かったね」と林さんが言った。いや、私は隣にいても耳に入ってこなかった。彼女たちは大きな声を出していたわけではない。あの音量を、人（私だが）と話をしていて聞き取るのかと驚いたことがある。ふと入った店で見聞きした中年カップルの会話とか、新幹線の停車駅で車窓から見たホームにいる人の振る舞いとか、面白い話を何度か聞かせてもらった。しかし林さんというフィルターを通さなければ、私ごときでは面白さに気づかずスルーしてしまうたぐいの出来事だった。

こうして林さんの目や耳によって濾過されたディテールに、人間の真実が宿る。その妙技が、短編ながら惜しげもなく注ぎ込まれているのが『トライアングル・ビーチ』なのである。林作品を読む醍醐味の一つはここにある。

冒頭の「正月の遊び」から、この作家のすごみが発揮されている。年末に帰省してきた三姉妹の末っ子、淳子。東京の大学に進み、そのまま就職した。どうやら不倫しているようで、男を思い出しながら姪っ子を撫で接吻していると、姪は子供ながらに不審を感じ取る。次いで、母と地元にいる姉たちのチェックの視線に遭う。この娘はもう男を知っているんじゃないかと疑うわけだ。それを跳ね返すのは無邪気さだと淳子は知っている。母と枕を並べる寝床で、家族団欒の席で、甘い記憶を反芻する……。誰もが心当たりがあって、しかし日常に溶かして見えなくしていることを逐一取り出してはっきりと言葉を与え、一シーンを創り出す。それらを重ねて物語に仕立ててみせた。

二作目の「白いねぎ」の貧乏くささは秀逸だ。女が住むのは町はずれのプレハブのアパート。男に教わるのはパチンコや麻雀。女に買い与えるのは二千円ぽっちのパチンコ玉にすぎないのに、電器店を経営する男が張る虚勢。口調も何もかも、しみったれていてたまらない。そして、胡瓜でも茄子でもなく、ねぎというところがいい。買い物袋から飛び出していると、一番所帯じみて感じるのがねぎだ。林さんは、しがない庶民の生活から決して目を逸らさないし、ないがしろにしないのである。

続く「プール」「トライアングル・ビーチ」は一転してこじゃれた翻訳家の女性と、スタイリストの女性が主人公。意地悪に下世話に物語は進む。「プール」では中年太りと「別れた男は鴨の味」をテーマにし、「トライアングル・ビーチ」では沖縄での撮影隊の内幕を描く。いずれの設定も林さんが得意とする分野で、筆のノリが一段といい。例えば前者では、終幕の「プールの中には退屈な未来が、後ろのデッキのあたりには投げやりな過去があった」という切り取り方の鮮やかさ。後者でいえば、若いモデルの食事の注文の仕方、食べ方というわずかな描写に男の影を見せ、この若いモデルのありようを一気に浮かび上がらせる。そしてどちらも、終わり方がえもいわれぬ不安感や怖さを感じさせる。

「この世の花」で主人公にしたのは主婦。母の予言通りに生活が変わっていくというストーリーテリングに妙味がある。主婦の火遊び、主婦のカラオケ、予言のあけすけな言葉。すべてが混然一体となって現代の主婦像の一端に迫っている。

最終話の「私小説」には三十二歳の小説家を持ってきた。男にしか魅力が分からない女性というのは確かにいて、その変貌を含めて活写する。「この世の花」でも言えることだが、林さんはこんなふうにある種の女性の特徴をとらえて物語にすることが本当にうまい。もちろん、男性に対してもだが。

実は、こうして現代人を切り取り続けることは非常に難しい。それを可能にするには、時代に寄り添い続けなければならないからだ。若い頃は難なくできる。しかし、年を重ねるごとに相当な努力をしないと時代とズレてしまう。化粧やファッションが、若い頃のまま止まってしまいがちになることに象徴されるように。

林さんは時代と走り続ける稀有な作家だ。『週刊文春』ではギネス世界記録となるエッセイの長期連載をし、そこからは執筆の傍ら直接小説にかかわらない活動もいとわず、多くの人との交流を広げている様子がうかがえる。『週刊朝日』では毎週、対談のホステスを務める。こうして常に最新の情報に触れている賜物という面もあろうが、世の中にアンテナを張り続けるのはどれほどの好奇心、知力、体力が必要なことか。

長編小説のラインアップを見ると、いかに時代の先端と切り結んでいるかがよくわかる。不倫を描いた『不機嫌な果実』（九六年）▽化粧品業界の裏側を扱った『コスメティック』（九九年）▽ＯＬが登場する『ａｎｅｇｏ』（二〇〇三年）▽下流社会に向かう時代を切った『下流の宴』（一〇年）▽介護問題を描いた『我らがパラダイス』（一七年）▽現代のお金持ちの実態に迫った『愉楽にて』（一八年）――。二一年の最新作は、引きこもり問題を題材にした『小説８０５０』である。

容赦なく人間の本質をつかみ取りつつ、時代に切り込んでいく。デビューから一貫した姿勢は称賛に値する。その真摯な姿勢に裏打ちされた、圧倒的な存在感に魅了されるばかりである。

（元毎日新聞編集委員・文芸ジャーナリスト）

JASRAC 出 2104304-101

初出誌
正月の遊び　「週刊文春」1988年1月7日号
白いねぎ　「オール讀物」1987年9月号
プール　「オール讀物」1987年5月号
トライアングル・ビーチ　「オール讀物」1988年4月号
この世の花　「小説現代」1988年3月号
私小説　「オール讀物」1988年9月号

単行本　1988年12月　文藝春秋刊

この作品は1991年12月に刊行された
文春文庫『短篇集　少々官能的に』を改題した新装版です。

DTP制作　エヴリ・シンク

文春文庫

トライアングル・ビーチ

定価はカバーに
表示してあります

2021年7月10日　第1刷

著　者　林《はやし》　真《ま》理《り》子《こ》

発行者　花田朋子

発行所　株式会社　文藝春秋

東京都千代田区紀尾井町 3-23　〒102-8008
TEL　03・3265・1211㈹
文藝春秋ホームページ　http://www.bunshun.co.jp

落丁、乱丁本は、お手数ですが小社製作部宛お送り下さい。送料小社負担でお取替致します。

印刷製本・凸版印刷

Printed in Japan
ISBN978-4-16-791721-0

（　）内は解説者。品切の節はご容赦下さい。

林　真理子
下衆の極み

週刊文春連載エッセイ第30弾！　NHK大河ドラマ「西郷どん」の原作者として、作家活動も新境地に。ゲス不倫から母親の介護まで、平成最後の世の中を揺るがぬ視点で見つめる。（対談・柴門ふみ）

は-3-54

林　真理子
運命はこうして変えなさい
賢女の極意120

恋愛、結婚、男、家族、老後……作家生活30年の中から生まれた金言格言たち。人生との上手なつき合い方がわかる、ときめく言葉の数々は、まさに「運命を変える言葉」なのです！

は-3-52

林　真理子
「中年」突入！
ときめき90s

雅子さまを迎える皇室の激動、松田聖子の離婚再婚、90年代バブル弾けた日本の男女にドラマティックはあるのか!?　名作「最初で最後の出産記」収録の傑作エッセイ集第二弾。

は-3-46

林　真理子
「美」も「才」も
うぬぼれ00s

ホリエモンのオーラ、東大卒の価値、女の勝負とは——国民的ミーハー魂と鋭い視線は、50代に突入しても変化なし！　連載30年分からの選り抜き傑作エッセイ集第三弾！

は-3-47

林　真理子
林真理子の名作読本

文学少女だった著者が、「放浪記」「斜陽」「嵐が丘」など、今までに感動した世界の名作五十四冊を解説した読書案内。また簡潔平明な内容で反響を呼んだ「林真理子の文章読本」を併録。

は-3-27

林　真理子
不機嫌な果実

三十二歳の水越麻也子は、自分を顧みない夫に対する密かな復讐として、元恋人や歳下の音楽評論家と不倫を重ねるが……。男女の愛情の虚実を醒めた視点で痛烈に描いた、傑作恋愛小説。

は-3-20

林　真理子
野ばら

宝塚の娘役の千花と親友でライターの萌。花の盛りのように美しいヒロイン達の日々は、退屈な現実や叶わぬ恋によってゆっくりと翳りを帯びていく。華やかな平成版「細雪」。（酒井順子）

は-3-59

（　）内は解説者。品切の節はご容赦下さい。

林　真理子
最終便に間に合えば
新進のフラワーデザイナーとして訪れた旅先で、7年ぶりに再会した昔の男。冷めた大人の孤独と狡猾さがお互いを探り合う会話に満ちた、直木賞受賞作を含むあざやかな傑作短編集。

は-3-38

林　真理子
下流の宴
中流家庭の主婦・由美子の悩みは、高校中退した息子が連れてきた下品な娘。「うちは〝下流〟になるの!?」現代の格差と人間模様を赤裸々に描ききった傑作長編。（桐野夏生）
は-3-39

林　真理子
満ちたりぬ月
「私、やり直したい」。結婚生活が崩壊した絵美子は、仕事で成功している短大時代の友人・圭に頼るが。家庭とキャリア、女の幸せ、嫉妬という普遍が生き生きと描かれた傑作長編。

は-3-44

林　真理子
最高のオバハン　中島ハルコの恋愛相談室
中島ハルコ、52歳。金持ちなのにドケチで口の悪さは天下一品。嫌われても仕方がないほど自分勝手な性格なのに、なぜか悩み事を抱えた人間が寄ってくる。痛快エンタテインメント！

は-3-51

林　真理子
最高のオバハン　中島ハルコはまだ懲りてない！
金持ちなのにドケチな女社長・中島ハルコに持ち込まれる相談事は、財閥御曹司の肥満、医学部を辞めた息子の進路、夫の浮気など。悩める子羊たちにどんな手を差しのべるのか？

は-3-56

林　真理子
ペット・ショップ・ストーリー
ペットショップのオーナー・圭子は大の噂好き。ワケあり女の「私」は、圭子のもたらす情報から、恐ろしい現実を突きつけられて……。女が本当に怖くなる11の物語。（東村アキコ）
は-3-55

文春文庫　最新刊

百花　川村元気
「あなたは誰？」息子は封印されていた記憶に手を伸ばす…

一夜の夢　照降町四季（四）　佐伯泰英
藩から呼び出された周五郎。佳乃の覚悟は。感動の完結

日傘を差す女　伊集院静
元捕鯨船乗りの老人が殺された。目撃された謎の女とは

彼方のゴールド　大崎梢
今度はスポーツ雑誌に配属!?　千石社お仕事小説第三弾

雲州下屋敷の幽霊　谷津矢車
女の怖さ、したたかさ…江戸の事件を元に紡がれた五篇

トライアングル・ビーチ　林真理子
恋人を繋ぎとめるために、女はベッドで写真を撮らせる

太陽と毒ぐも〈新装版〉　角田光代
恋人たちに忍び寄る微かな違和感。ビターな恋愛短篇集

穴あきエフの初恋祭り　多和田葉子
言葉と言葉、あなたと私の間。揺らぐ世界の七つの物語

色仏　花房観音
女と出会い、仏の道を捨てた男。人間の業を描く時代小説

不要不急の男　土屋賢二
厳しく優しいツチヤ教授の名言はコロナ疲れに効くぞ！

メランコリック・サマー　みうらじゅん
心ゆるむムフフなエッセイ。笑福亭鶴光との対談も収録

手紙のなかの日本人　半藤一利
漱石、親鸞、龍馬、一茶…美しい手紙を楽しく読み解く

太平洋の試練　ガダルカナルから サイパン陥落まで　上・下　イアン・トール　村上和久訳
米国側から描かれるミッドウェイ海戦以降の激闘の裏側